纸上游天下·中国当代游记精选
主编:高长梅 张 佶

YI LU FENG CHEN YI LU CHENG ZHANG

一路风尘,一路成长

庄文勤 著

九 州 出 版 社
JIUZHOUPRESS 全国百佳图书出版单位

图书在版编目（CIP）数据

　　一路风尘，一路成长/ 庄文勤著. -- 北京：九州出版社，
2013.9（2021.7 重印）

　　（纸上游天下：中国当代游记精选 / 高长梅, 张佶主编）

　　ISBN 978-7-5108-2352-7

　　Ⅰ. ①一… Ⅱ. ①庄… Ⅲ. ①游记 – 作品集 – 中国 –
当代 Ⅳ. ①I267.4

中国版本图书馆CIP数据核字（2013）第227703号

一路风尘，一路成长

作　者	庄文勤　著
出版发行	九州出版社
地　址	北京市西城区阜外大街甲35 号（100037）
发行电话	（010）68992190/3/5/6
网　址	www.jiuzhoupress.com
电子信箱	jiuzhou@jiuzhoupress.com
印　刷	北京一鑫印务有限责任公司
开　本	710 毫米 × 1000 毫米　16 开
印　张	8.5
字　数	115 千字
版　次	2014 年 1 月第 1 版
印　次	2021 年 7 月第 7 次印刷
书　号	ISBN 978-7-5108-2352-7
定　价	36.00 元

前言

　　仁者乐山,智者乐水。所以古今中外,无论贤人圣哲,还是白丁草民,他们在观山赏水的时候,无不从山水之中或感悟人世人生,或慨叹世事世情,或评点宇宙洪荒,于寄情山水中,抒发自己的惬意或伤感。有的徜徉于山水美景,陶醉痴迷,完全融入大自然忘记了自己;有的驻足于山川佳胜,由物及人,感叹人世间的美好或艰难。

　　一篇好的游记,不仅仅是作者对他所观的大自然的描述,那一座山,那一条河,那一棵树,那一轮月,那一潭水,那静如处子的昆虫或疾飞的小鸟,那闪电,那雷鸣,那狂风,那细雨等,无不打上作者情感或人生的烙印。或以物喜,或以物悲,见物思人,由景及人,他们都向我们传递了他们自己的思想情感。

　　一篇好的游记,它就是一帧精巧别致的山水小品,就是一幅流光溢彩的山水国画,就是一部气势恢宏的山水电影。作者笔下关于山水的一道道光,一块块色,一种种造型,一种种声音,无论美轮美奂,还是质朴稚拙,无论清新美妙,还是苍凉雄健,都让我们与作品产生强烈的共鸣,让我们在阅读中与自然亲密接触,于倾听自然中激起我们的思想波涛,与作者笔下的自然也融为一体。

　　这是一套重点为中小学生编选的游记,似乎也是我国第一套为中小学生编选的较大规模的游记丛书。我们希望这套游记能弥补中小学生较少有时间和机会亲近大自然的缺憾,通过阅读这套游记,满足自己畅游中国和世界人文或自然美景的愿望。

目录

抚摸乡村 第一辑

走进世界滇红之乡……………………………………002

茶园中的村庄…………………………………………005

抚摸乡村………………………………………………008

故乡的橄榄树…………………………………………009

茶马古道上的石头村庄——塘房……………………012

故乡是诗礼……………………………………………021

美丽的村庄……………………………………………028

乡村年味………………………………………………030

乡间土拉巴……………………………………………038

神秘的苗寨……………………………………………040

采撷乡间的劳动………………………………………045

朗读流水………………………………………………048

花之蹁跹………………………………………………049

第二辑　茶韵飘香

鲁史古镇　滇西茶马古道水墨画卷……………054

生日茶宴……………062

凤庆花香云处飘……………065

茶树上结出的文化……………067

罐罐茶……………069

家乡的古茶树……………071

竹影婆娑……………074

生命树……………077

远去的马帮……………079

目录
CONTENTS

目录

CONTENTS

天涯履痕 第三辑

澳门观鸟…………………………………084

绝美武当山………………………………086

难忘苏州的桥……………………………088

西湖觅诗迹………………………………091

游澳门普济禅院…………………………096

西部神韵…………………………………098

第四辑 彩云之南

彩云之南 ·······················104

彩云之南蝶纷飞 ···············113

到彩云之南观鸟 ···············116

傈僳山寨歌悠悠 ···············118

神奇的树叶情书 ···············120

云南杜鹃绣锦诗 ···············122

云南鸡枞舞蹁跹 ···············124

目录 CONTENTS

走进世界滇红之乡

你很美,似梦一样,长久以来,以一个茶乡女子的形象,披着轻纱,笼着薄雾,入驻在我心里。一个滇红,就使天下的红茶逊色三分,那是怎样的一种茶呢? 芽壮而肥,金毫显露,条形壮实,盈盈一水间,脉脉不得语,玫瑰的色泽盛风情万种,几片绿色的叶子,既和琴棋书画诗酒平起平坐,又同柴米油盐酱醋相处一室;寒冬你为他人暖心,酷暑你为他人解渴,以此交友,以此传情,以此陶冶情操,以此品尝人生,这是何等的境界?

清明时节,古人乘马在茶马古道上穿行,而我从遥远的城市乘车而来,不为别的,似乎只为你而来。茶山青青,你的衣袂不知何时就悄悄挽住了我的视线。茶园里,一行行、一丘丘、一垄垄的茶树,似片片流云自然,似段段歌谣优美。

而你美得依然如《茶经》中走来的那位窈窕淑女,轻盈盈水灵灵。弹奏一曲土得掉渣的茶歌,飘舞着柔柳的发丝,别一枚枚茶花装扮着四季的姿容,将凤庆的村庄点缀成一枚枚玲珑的玉佩镶嵌在绿萝衣上,裙裾飘飘,说不尽的妩媚。

也只有这澜沧江的水凤庆县的山才能滋养出如此灵秀的身段,不论凤庆这座古城经受岁月流年如何的洗礼和变化,你始终不为之所动,静静地穿过时空的隧道,芳步婷婷,不染征尘,像你的名字一样诠释着茶文化一种怡然的品性,飘逸于历史和尘世之外,也只有深入地走进你才能透过你迷人的韵致,聆听到你悠远而丰厚的旋律,撩开你在我心中编织的层层梦的面纱。

滇红之乡,顾名思义,在这片古老的土地上,每一条溪流,每一块山峦,每一座村落,都会向你诉说关于茶的神秘。

无山不茶,碧绿的茶树盖满山坡,目之所及,到处都是一片触人心弦的绿意,一枚枚肥壮的茶芽芬芳涌出,轻轻贴近它,缕缕清香沁人心脾。那么多的茶叶,一簇堆在另一簇上面,不留一点儿缝隙,珍珠般晶莹的露水在叶片上滚动,似乎每一片茶叶上都有一个新生命在颤动。

茶树依山而长,见缝插针,不嫌弃山贫土瘠,不畏酷暑严寒,更无畏迷雾淫雨,它或附岩抱石而生,或临涧穿石而长,经炎夏而不萎,经寒冬而不凋,总是那样郁郁葱葱,千姿百态,这是燃烧的绿色火焰,比艺术更高,比时间更长,比山更为博大,比流水更为飘逸。这不正是凤庆人的性格吗?

"一杯香茶敬与君,深了友谊甜了心"。伴着明月瑶琴,我闻着你的体香,远离了灯红酒绿的都市,走进你怀里,这是一个茶的世界,"菜在街头摊卖,茶在壶中吐香"的景致让人流连忘返。山坡的茶垄汇成了诗行,小镇的茶庄、茶行、茶轩、茶馆、茶店、茶亭、茶厅、茶屋、茶舍点缀街间,各式各样的茶馆或简洁,或古朴,或现代,或富丽,无不给人以清新雅致的感觉。

沿着深深的滇红茶脉络,我们寻觅一位名叫冯绍裘的大师,在战火纷飞的年代,大师用"形美、色艳、香高、味浓"的滇红茶为凤庆赢得了世界滇红之乡的赞誉,如今,大师端坐于茶树之上,启迪人们许多摆脱贫穷富裕千年的秘密。

凭借大师开给的以茶为粮的秘方,凤庆的生活就渐渐涌起阵阵沁入心房的温暖。我的父老兄弟常把这由衷的欣喜握在手上,连同土里土气的茶经和餐桌以外的话题种进灯红酒绿的都市,准确的换回一些品读佳茗的知音。

第一辑 抚摸乡村

滇红之乡,喝茶自然是一种最好的享受。步入茶室,满目仿古的装饰匠心独创,茶桌茶椅古朴,品茗茶具典雅,青墙黛壁使人幻入明清民居之中,茶馆四壁,透明通风的大窗格外醒目,门窗上贴的诗词字画,给茶馆营造出一种浓浓的文化氛围。临窗挂起的竹帘,柳影映照,半明半暗。茶女手捧茗罐推门而入,那轻盈的步履、飘逸的气质,无不透露着茶文化的深邃和广远。坐在雕了花的厚实的木凳上,凭窗临风,太阳明亮地照着,人便有了登高望远的豁达,而心地也自然开阔起来。清冽的水呈弧形冲向盛有干茶的杯子,细微注水声立刻汇成了一首动听的抒情诗。

杯里的茶,经受着水柱的冲击,上下翻飞,左右摇摆,犹如无数匹摆脱羁绊的骏马,横冲直撞,奔腾咆哮,不一会儿,就收敛了野性,以缓慢的动作冉冉升起,又徐徐降落。

红茶在碗,芳香浮动,抿一口,任清浅的润泽在舌间荡漾开来,充溢齿喉。深吸一口气,余香满唇,在肺腑间蔓延开来,洗尽了一切的疲惫冷漠,人仿佛也醉了,朦胧中,久久不愿醒来。茶香满室,杯中茶汤由淡逐渐变浓,沉沉浮浮,聚聚散散,再来一段龙吟凤鸣的洞经音乐,清脆的曲调自你的耳孔涌入,再从你的脚底淙淙流出,不禁使人有些飘然若仙了,这种感觉,也许只有在滇红之乡才会有。

有人说,"茶禅一味",能悟者,智也。我不是一个智者,但我却能在滇红之乡真实感受到茶以独特的方式,展示给我们精彩的人生,带给我们无穷的回味,假如我们每一个人都可以达到茶的境界,那将何幸之至。

茶园中的村庄

记不清哪个诗人说过，闻到茶香就想写诗，看到茶园就有写不完的诗。我是在茶园中长大的，茶园中的村庄就是我的故乡。

故乡叫凤庆，在滇西澜沧江畔，是全国著名的滇红茶诞生之地。故乡人生活在广阔无垠的茶园中央，吃的用的穿的全是茶树上诞生出来的产品，茶的一颦一笑，时时牵动着故乡人的每一根神经，所有与茶有关的话题，都回令故乡人心情激动。我从未见过，有哪个民族会对茶如此痴情，如此执着，从始至终，一直保持一种痴心不改的专注。

在故乡人的字典里，茶的地位是"茶是摇钱树，买粮又买布。儿去上学娘采摘，上学生产两不误"，茶对故乡人受益最深，故乡人对茶的感恩也最重。在故乡，有一株树龄为三千七百五十年的大茶树，树高九点零六米，粗五点八二米，是地球上生存的最粗大的人工栽培型茶树，被称为世界茶王之母。每年，人们都要去祭祀它，那不是迷信中对茶树的盲目崇拜，而是对茶树寄托一种养育之情，生长在这样环境中的茶农，对茶自然是崇敬之致。这情，这精神，在故乡人的心目中是根深蒂固的，甚至已与他们的神经他们的血脉溶为了一体，一直到今天，这种精神依然保留在故乡人的血肉中。

于是，由茶形成的民风民俗紧紧缠绕着故乡人的一生，常让他们喜笑颜开或泪流满面。茶民们以茶入药，以茶入食，以茶入饮，以茶为礼——

第一辑

抚摸乡村

茶成了他们的全部,茶成了他们的一切。这原本是故乡人对茶的一种感恩,对茶的一种天覆地载的执着,却常常被一些人看作是一种迷信,认为他们对茶是一种"愚忠",甚至腐朽得不可救药。可他们哪里知道,正是故乡人的这些看似肤浅的表象,却透视出故乡人纯真的内心世界,正是这些"不可救药"的思想和精神,构成了故乡人独特的茶文化心涵。

千百年来,故乡的茶园在不断苗壮,茶园中的村庄也在不断延伸,可故乡从未出现过和别的地方一样"茶树不能当饭吃,砍掉茶树种粮食"的现象,故乡的茶园和村庄,一直在和谐中发展。村庄和村庄之间尽管有个大概的划定,确没有一条绝对的鸿沟,茶园与茶园之间虽然也有个四制,确没有一个明显的界线,谁家多摘了几棵茶,谁家多耕耘了几株茶,故乡人从来不斤斤计较,一个经茶的风格熏陶过的故乡人,他们的意识他们的胸襟是市井之徒难以比拟的。

茶祥和的性味熔铸成了故乡人淡泊明志的个性,他们不骄不躁,安于现状,默守着"明窗净几安居好,清茶淡饭滋味长"的格言,一生一世耕作于茶园之中,什么金钱、地位、美色之类的东西都与他们无关。许多年来,故乡人的这种个性,就像苏辙在《茶诗》中所写的一样,"枝枯叶硬天真在,踏遍牛羊未改香",他们的个性已与茶的风格无异。茶园丰收了就丰收了,吃好点穿好点故乡人从不吝啬,财多财少故乡人看得并不重,男人有钱全花在茶园上,女人有钱全花在茶歌茶舞茶艺上,他们不知道把茶兑换成金条、美元深埋于地窖之中,他们不知道把茶兑换成戒指、项链包几个情人疯狂几回。他们把功夫全花在茶上,制作出名扬中外的"工夫茶"、"滇红茶"、"太华茶"等,不断丰厚故乡茶文化底蕴内涵的实在。

在故乡人的生活中,茶与人的关系是紧紧交融在一起的。"菜在街头摊卖,茶在壶中吐香"的情景,不难看出故乡人与茶悠悠相融的境界,因此故乡人十分懂得"千载奇逢无如好书良友,一生厚福只在茗碗炉烟"的真正内涵。于是做客茶园中村庄的人谁都可以感受到"美酒千杯难成知己,清茶一盏也能醉人"的极致境界。在故乡,走进苗岭,你可以喝上先苦后甜的两道茶,走进彝家,你可以尝到性味甘醇的罐罐茶,走进傈僳山寨,你可以喝上野味十足的石板茶,到了白族人家自然是喝三道茶,就是随便走进一个汉家,你也可以喝上清香四溢的百抖茶。"客至心常热,人走茶不凉",这是故乡人真实的写照,客人来了,一盏好茶就是欢迎客人的最高礼节,逢年过节了,就"扫来竹叶烹茶叶,劈碎松根煮菜根"。那种纯粹的田园式的生活,那种人与自然相得益彰的生活,造就了故乡人"老爱壶天闲日月,时亲茶道契神仙"的精神境界。

故乡人生在茶园中,长在茶树下,茶对他们而言可以说是具有碑的意义了。可故乡人从未把靠山吃山当作经典,他们知道,对茶的索取总是要有一个度的,人的心若是被欲望填满,失去的肯定要比得到的更多,就只会"坐吃山空",毁了整个赖以生存的家园。这种意识,总是青筋毕露地扎根于每一个故乡人的心中,以至多年后的今天它依然被故乡人诠释得灿烂如花。

在这个世界,易逝的东西很多,能永恒的东西却很少,心甘情愿作一株茶的境界却更是不易,就像故乡人选择了茶,茶亦选择了故乡人一样,它不仅需要一颗平静而激情的心,更需要一种淡泊而又执着的精神。假如所有的村庄都能和故乡茶园中的村庄一样,多点"赏心悦目诗书画,煮茶品茗色味香"的其乐融融的美景,这世间自然会变得"绿染碧水情宜冽,花香满径味更圆"的了。

抚摸乡村

一支清脆的山歌悠悠飘来,敞开所有的窗口,用最真诚的目光,抚摸幽幽的乡村。

屏住呼吸,平伸双手,感觉一种铧犁入土的声音,庄严地膜拜一个关于谈论粮食来源的方式,验证一些肤浅的学识以及背脊上许多轻浮的目光。

蛙声在农事里绽放,二十四节气花开花落。稻米的哭声,你听到了么? 高高的田垄上,是谁,挥舞着一把铁造的镰刀,重复一个弯腰的姿势? 是谁,握紧一把古老的锄头挖空腰间的硬朗,支起农业的全部命运。

一束炊烟舞蹈了一群女人的四季。

一片土地蜿蜒了一群男人的一生。

我的思绪随同屋边的庄稼大段大段拔节,如同圈中的牛羊,把日子反刍成一茬茬成熟的庄稼。

门前的小溪淘汰着污垢,糯米酒疙瘩火腹裹芳香。消失的麻雀归家了么? 屋檐下的小燕子已经飞翔成一种希望。

感觉到了么? 一件蓑衣一副坎肩都挂在墙上,并以滴血流泪的方式,铿锵乡村沉沉的乐章。

抚摸乡村,一部人与自然联姻的杰作,往返千年。该删的,早已删了;该增的,早已添了。湿淋淋的乡村民谣,温暖乡农每个纯粹的日子。

高山支出乡村的高度,血性的荞秆溢满芬芳。是谁,赶着老牛将朝阳驮上山冈,犁出一串沉沉的希望?是谁,挽起裤脚袖口伫立溪岸,拧尽一身辛劳,把乡村的故事拉得悠长悠长?

豆花已经甜甜开过,昔日桑葚染红的女孩,饱满成一粒成熟的稻麦。

谁的身影被稻田一一分割,种上乡村金黄的诗句。谁的风铃被大豆曳响,悟透一切贯穿乡村的屋群,写就一些典范。

抚摸乡村,我的感悟无法一一作撰,只能紧随一株一株的庄稼成熟,收获一些吃饭的真理,然后受用一生。

故乡的橄榄树

很早就想为故乡的橄榄树写一首长诗了,可惜我不是缪斯的宠儿,这种想法一直只在酝酿之中。昨夜,一包从故乡邮来的橄榄,如一只呢喃的紫燕轻轻地叩开我灵感的闸门,许久未有的欣喜如潮水般涌上了我的心头……

故乡在滇西腹地一个名叫永乐的小村庄。站在村里,脚下是一条高歌的澜沧江,头顶是一碧千里的蓝天。无论向哪个方面瞭望,触目皆是一片绿意,遮天蔽日的绿荫总能让人浮生出许多生动的想法。我的童年就是在那绿蒙蒙深幽幽的绿茵中长大的,特别是那漫山遍岭的橄榄树,对我而言总有一种说不出来的感情。

永乐村在当地人们习惯叫橄榄村,无论你向村子哪个方向走,无一例

外地会看到轻枝蔓舞的橄榄树,数不胜数的橄榄树簇拥在村子周围,茂盛如绿色的旗帜。一代又一代村里人,把橄榄树当作风景,把橄榄树当作生命,与橄榄树生息相衍。

树绿招鸟,绿的橄榄林自然成了鸟的天堂,每天晨夕,橄榄林百鸟群集,画眉、喜鹊、锦鸡等绕树而舞,或鸣或欢,构成一幅天然的图画;树多可以御风,每每狂风涌动,风尘乍起,橄榄林便成了一道护卫村庄的绿色屏障;树茂遮阴,当如火的夏日绵长的蝉声里来到,橄榄树如盖的绿荫便成了全村男女老少纳凉的场所;当大地的流火烤得行人咽喉冒烟的时候,一颗颗绿宝石般的橄榄果实便会滋润得行人口角生津,神安气定。

在我印象里,橄榄树一直是村里人心中的神灵。村头有棵最古老的橄榄树,我们常常看到有人在它的下面烧香火纸钱,敬畏中给我们增添了几分神秘。爷爷亦常给我们讲,古老的橄榄树是会通灵的,它知时节,晓冷暖,观朝代更替,阅人世的沧桑,临风而歌,遇雨矍铄,甚至雷劈电击,它依然宠辱不惊,它不仅是村民的忠实邻居,更是一面村里人奋斗的精神旗帜。

橄榄成熟的季节,那是村里人最惬意的时候,小孩子常在放学后挎着篮子上山摘橄榄,然后在街天将橄榄卖掉,用以充当学费。大人们则变着戏法将橄榄制成或咸或甜的食品,用换来的钱为家里添补家什,或买回块细碎的花布,为自己的孩子缝补衣服。我曾在异地求学多年,那时,当其他的孩子都在吃各式各样的美味零食的时候,我却独对母亲邮来的橄榄青睐不已,那是一种甜在口中亦回味在心听滋味呵,有多少人能理解那个中的味儿呢?

然而,不知何时,橄榄树竟成了柴刀斧头追赶的对象。由于橄榄皮可以入药,大批的药材小贩便在村里定点收购,一时间,一棵一棵的橄榄树在无数的刀斧砍劈下成了一山山一岭岭的"裸体树"。就连村头那棵被人们视为神灵的老树,亦在那场轰轰烈烈的"剥皮运动"中遭到了同样的厄运——先是剥皮,后是被身首异处,最后是被断了深贯泥土中的根须成了灶膛炉火的牺牲品。树活一张皮啊!被剥光皮的橄榄林没过多长时间便人们的视野中渐渐消失了。

橄榄树消逝了,村里的风景没有了。

光秃秃的村庄没有了绿荫,没有了灵气,无论大人还是孩子,再也看不到那道百鸟欢歌的流动风景。虽然曾有人为此感叹过,惋惜过,伤心过,但更多的人则是自鸣自得:那么多的树林被他们消灭,那么粗的树被他们挖倒了,那么广阔的山坡被他们开垦种起来了……可他们却没有想到,正是他们那些无知的行为给村庄蒙上了一道抹不去的阴影,那些陪伴过祖先又世代被祖先经营的文明就这样被他们毁灭了。尽管在那场"剥皮运动"之后有此人家相继的鸟枪换炮,但那些橄榄树与小村人血浓于水的故事亦随着时间的推移而渐渐遥远成了古老的传说。

不久前回到故乡,橄榄树的故事已经没有人再提起,问村里的年轻人,他们竟没有一个知道如今还种着苦荞的地方就是当年老橄榄树的生存之地。正当我伤痛橄榄树的故事将退出小村的历史的时候,我忽然在村子脚又看到了那些熟悉的橄榄树的身影,那是一条沿着澜沧江两岸新植起来的绿色的飘带啊,阵阵沁人怕柔风中,我的心一下子又绿了起来。尽管不知要过多少年后橄榄树才能长成曾经美丽的林子,但我们经历过浩劫和磨难之后,毕竟已经懂得了以什么样的方式去对待自然,珍惜自然,热爱自然。

第一辑 抚摸乡村

茶马古道上的石头村庄——塘房

　　这是一个石头砌成的世界。房屋是石板房,道路是石头铺,塘基是石头砌,水渠是石头筑,菜园的垄基是石头垒。石门墩、石院墙、石前檐、石鸡笼、石厕所、石畜圈不胜枚举。石槽、石盆、石凳、石桌、石碾、石磨、石臼琳琅满目。石台阶、石板路、石垱……甚至烤茶、烧肉的用具都是用石头制作而成。

　　这是一个承载滇西茶马古道七百年历史的村庄。滇西茶马古道是唐宋以来至民国时期汉、藏之间以进行茶马交换而形成的一条交通要道。路线有两条:南线由云南的普洱—大理—丽江—中甸—西藏的察隅—波密—拉萨—日喀则、江孜、亚东、柏林山口,分别到缅甸、尼泊尔、印度;北线从四川的雅安—康定—西藏昌都—尼泊尔、印度。本文所写的石头村,正是位于南线从普洱到大理这一条中的一个小村庄。

　　龙年开春,我徒步踏上了滇西茶马古道保留得最完整的云南省凤庆县鲁史镇到塘房村这一段。沿途景色全是人与自然和谐相处的村庄,在这个乍暖还寒季节,我打量着这有着文化有着商经的古老通道,想象着当年行走在古道上的马帮,浩浩荡荡的驮着茶叶、毛皮、药材、核桃等山货,唱着"……赶起百十匹马帮(哟咳),驮上百十斤驮子(哎),翻过(哦)百十个梁子(呀),换回(哟)百十样货子,填饱(嗯)干瘪瘪的肚子(呀),狂欢一阵子(啊)"的号子进城,从一个山谷到又一个山谷,从一个村寨到又一个村寨,马帮踏出了一条沟通各地的生命道路,换回必需的盐巴、布匹等生活用品。从此,那些崎岖逶迤的山道上,诉不尽马帮的神奇;刀砍斧削的绝壁,说不完赶马人的辛酸;不老的风峡谷,回荡着许多赶马号子的豪迈和悲壮。

如今,茶马古道上的马帮已经离开了几十年上百年了,走在悠悠的古道上,似乎还可以听到久远的年代里传来的阵阵马蹄声,滴滴答答地响彻着整个山谷。

一九一三年以前,凤庆(旧称顺宁)与外地的交往,最主要地就是顺下线,线路有三条:凤庆(顺宁)—鲁史—巍山—下关—丽江—中甸—西藏;凤庆(顺宁)—鲁史—下关—昆明—省外;大理—下关—巍山—鲁史—凤庆(顺宁)—镇康—耿马—缅甸。无论走那条路,都必须过塘房村,因此,塘房承载起了茶马古道七百多年的历史沧桑。

塘房距鲁史镇约六公里,沿着弯弯曲曲的古道,跟着猎奇的游人一直向上攀登,刚开始还感觉有使不完的劲,可是,不一会儿我就感觉气喘吁吁,大腿酸痛,干脆拿着相机在路上拍起照片来。此时,一个村民赶着马,身上扛着百十斤重的小型农用机械,竟然在古道上健步如飞。我与他攀谈古道的历史,小伙告诉我,这段路是茶马古道赫赫有名"九曲十八弯",到塘房村还早着哪。随后,他唱着"身着大地头顶天,星星月亮伴我眠。阿哥赶马走四方,阿妹空房守半年"的赶马调很快消失在古道的尽头。

据史料记载,康熙四年(一六六五),云南北胜州(今丽江地区永胜县)设立茶马市场后,凤庆茶叶产品开始流入丽江。二十世纪二十年代,大理喜州严子祯在下关建立"永昌祥"商号,开始生产经营沱茶和藏销紧茶,并在叙府(今宜宾)、重庆、汉口、上海和缅甸瓦城设立分号。而凤庆青毛茶,是"永昌祥"沱茶产品必不可少的原料(当时"永昌祥"商号所生产的沱茶有三个牌子:一个是本牌沱茶,重九两二,用明前春尖制作,双江茶占百分之六十,凤庆茶占百分之四十;一个是副牌沱茶,重八两

二,凤庆茶占百分之六十,勐库茶占百分之四十;还有一个是正记牌沱茶,重八两二,同样是取勐库茶香味浓郁,凤庆茶兼备外形美观之特点制成)。因此,严子祯于一九二八年在凤庆专设"永昌祥"商号,竞购凤庆青毛茶。到二十世纪三十年代末,凤庆的茶叶商号发展到二十多家,从此,凤庆茶由马帮沿着"顺下线"倾销各地。

沿着古道一路向上行进,阳光透过湛蓝的天空投射到山头上,让山林遍染了一层金黄色,清冽的山风吹过,卷起一层层的落叶,抬头仰望天空,干枯的树枝盎然的屹立在蓝白相间的天际,直指苍穹,显现出顽强的生命力,在那密密的枝杈里,孕育着来年生机勃勃的绿色和百折不死的生命之魂。脚下的道路崎岖坎坷,这真的就是那条千年的古道么,千百年来,这条道路曾经是何等的繁华,过往商贾,游人如穿梭般的从它身上走过,它也曾承载着多少人的希望和梦想,谁又能说清楚,在它身上演绎过多少感人的故事呢,世事如烟,沧海桑田,它如今就像一位年至耄耋的老人,静静地躺在这里,在它的梦里,是否还依稀记得那往日的繁荣以及行人如织的那些年代?如今,只有偶尔路过的徒步探险者和匆匆而过的狩猎人还能让它偶然醒来,可是,又有谁能静静地聆听它的故事呢,那划过枝头的风声,是否就是它的低声哀怨。

到达塘房村,我们的目光被石头房屋豁然点亮,瓦是石板,墙是石墙,地是石地,石头做成的房子里,住着终年和石头相伴的人。

石头是塘房的财富,这里产的石头像千层的油饼,用扁锤沿石角一敲,就能起下一大块。一层一层的石板,像一本厚厚的书,层次之间不毫粘连,只要你乐意,就可以随意地翻阅。村民们建房就地取石,不做任何二次加工,没有污染,无须能源。石材是天然具备的,木材是自然生长的,粘接的材料无须运输。墙是石头砌的,支离的碎石,平面往外地块块砌起,不用半点沙灰水泥黏合。石墙的顶上,再架木椽,木椽的上面,再铺石板。石板从檐口铺起,块块叠压,至脊而收。石材的地基,石材的墙体,石材的屋面,天然的材料,被塘房村人巧妙利用,筑屋造房,建宅修舍。村里的老人说,这样独特的石板房,雨季,屋顶石板遮挡,水不入室。晴天,满室潮气蒸发,沿缝隙罅漏四散飘逸,室内很快又可干爽如初,居住于内,冬暖夏凉。

大块小块的石板,充当了遮风挡雨的屋瓦,参差不齐的石板,在一幢房子的屋顶上,都被派用到了最为恰当的位置。这就是塘房村人的高明,深知才尽其能、物尽其用之理。对于石板来说,再不规则的长相,塘房村人都能给它们找到最为恰当的位置。

石头垒成的房子毕竟不能建得太高大。在村里,几乎每间屋子都一般大小,而且结构也基本相同。屋子都不高,高一点的人走进屋门,可能还得稍微低下头。并且,每间屋子里都没有一扇窗户,只有一个天井,是屋子采光的重要途径。

村民搭建的石屋,大多是随意而为,有的石块横着叠砌,有的斜着堆砌,大石块和大石块之间用小石块补缝加固,连木质的梁柱也特别讲究自然,用在石屋里还是保持原来的形状,没有刻意修整过。使得塘房村的石屋显得更加硬朗,看上去厚实凝重,极具质朴之感。

走进一户人家,里面别有洞天,大大的天井里,有石头砌的猪圈、鸡窝,院里有长石头条搭的凳子,地面是用薄石条铺成。猪圈里喂猪的槽子是石凿的,洗衣服的搓板是石板做成的,捣蒜用的也是石锤、石臼。小院里香椿、月季花、木槿花香味弥漫。

主人家在办喜事,几个小伙正往青石板上放肉,我们一问,才知道要做塘房特色菜——青石板烤肉。石板能烤肉?我有点不相信,因为石板遇火加热会炸裂,怎么能把肉烤熟?带着好奇,我到了烤肉的厨房要一睹石板烤肉的真面目。几个烧得火苗通红的炭火盆并排支在厨房里,炭火上有一块石板搭在上面,另一块一模一样的石板压在烤肉上,打开上面的石板,果然里面夹着猪肉在烤。这种石板烤肉就是用新鲜的猪肉直接放

在石板上烤成的，工艺很简单，石板烤出的肉外观看焦黄焦黄的，让人垂涎欲滴。割下一块来，嚼在嘴里，味道既香又脆，不像直接在炭火上烤出的肉有烟熏火燎的味道，也许，这应该是人们爱吃塘房烤肉的真正原因。

石水缸是塘房人家的必需品，每家每户都有，这家家必备的石水缸，样式并不统一，有的能装十多担水，有的只能装两三担水；形状上，正方形、长方形居多，当然也有正六边形等。水是从屋后的老林里用水井槽引来的，水井槽用龙竹或整棵的圆木挖成，涓涓的山泉沿着高高低低的水井槽，翻过一个又一个山坡，把塘房人家的石水缸装得满满的，做饭、洗菜时就舀水缸里的水用。

村里的老人说，石水缸装的水清凉冰爽，我舀了一瓢水咕咚咕咚地一气喝下，那沁人心脾的清凉和痛快深入五脏六腑。

走在村里石头铺成的小道上，不知是否因为经年累月的缘故，高高低低的石头路也不觉得崎岖。犹如走进了时光隧道，仿佛回到了古代的世外桃源。

据史料记载，一六九三年农历八月十四，徐霞客从保山市昌宁县进入凤庆县城，与前往下关的马帮一道走上了茶马古道，乘竹筏渡过澜沧江，翻越骡马萎坡来到塘房村歇脚。据传，一老者还用石板烤茶热情招待了这位远道而来的客人。我们有幸在另一户人家品尝到了青石板烤茶。青石板烤茶是塘房村人的一种独特饮茶方式。石板是薄片青石，质地细腻而均匀，似乎不容易找。在温火上预热十多分钟后，石板都有些烫手了。主人从竹筒里取出几小撮早已准备好的晒青茶。这可是开春第一尖春茶揉制的呢，据说是专门款待第一位踏春而至的客人。诱人的茶在青色的石板上欢快地翻滚着，烤茶最讲究火候，几个来回叶色渐渐由棕黄色变成棕褐色，整个院子也已经是茶香漫溢了。将烤好的茶叶收入备好的竹筒，所有的茶具都是竹制的，据说这样茶才更香。

茶叶在水中沸腾的一刻，香气弥漫。主人将茶壶盖子一扣，再用沸水浇注壶身,接着将竹制的茶杯翻转用水洗净,片刻之后,清透的茶水——流入竹杯。一切流畅得让我有些眼花,一晃神,香茶已在眼前,我赶紧双手接过,低头一品。真可谓"石屋忘言对此茶,全胜羽客醉流霞。尘心洗尽兴难尽,一树鸟鸣片影斜。"

老人们说,塘房是一个被茶香浸泡的村庄,当年茶马古道最盛的时候,每天来往的人像排队一样经过。据《滇南新语》记载,在明代,凤庆就能用手工制造出太平茶、玉皇阁茶,色、香、味可与龙井茶媲美。有了这样的好茶,清乾隆二十六年(一七六一)顺宁知府刘靖督土民修建青龙桥于镇南金马明子山脚下的澜沧江上,走过澜沧江过金马翻越黑山门,就到糖房。青龙桥连通的茶马古道上茶事不断,凤庆茶源源不断进入内地、上贡朝廷、远销东南亚,茶叶也成为凤庆人的"绿色银行"。每逢街天,悠长的山街成了各种茶叶交易的场所,那叶形平肥的"尖山云雾"、条索分明的"太华茶"、细润色正的"银毫"、秀美质佳的"特级工夫茶"……各色茶叶摆满悠长的街巷,浓郁的茶香令人心旷神怡。在茶市上,随便坐下与茶农闲话家常,都能拉出一大堆茶诗、茶经、茶文、茶德等话题来。彼此兴致浓了,甚至会忘了买卖之事,沉浸在茶话之中。真可谓"茶中日月长,茶话情根深"。

或许正是受凤庆悠久的种茶、制茶历史熏陶的缘故,在塘房村,人们从茶园采回鲜嫩的茶叶,洗净晾干后用手揉软搓细,放进一只大碗中,再加上柑橘叶、酸竹笋、大蒜、辣椒、盐巴等作料拌和,就成为一碗"凉拌茶"。这种茶,滋味变化多端,苦中透出暗暗鲜香,是下饭的好凉菜。有的则把采来的新鲜茶芽放进小缸里,撒上盐巴拌匀,层层压紧,腌制几个月后,拌上作料,也是开胃佐餐的好菜。当然也有三五人相聚一起,持一杯茶香,怀一份闲情,细细品茗,渐渐境宁心净,在幽香芬芳中涤尽俗尘,享人生之无穷真趣。

塘房村子偏僻,但这里生产的茶味道好,香气浓,那香气,据说,在村

庄山顶的黑山门都可以闻到。塘房村几乎家家户户都制茶,能不香么?何况,四周都是茶山,即使没有烘焙茶叶,村子也被茶山的阵阵清香氤氲着。何况,村里的人家都爱喝茶,日泡茶夜泡茶,茶汤的香气不时腾挪着。几十年数百年,这里的房砖屋瓦,这里的柴门木窗也该都贮满了茶香。

特别是清明时节,村子里的人都要分拣茶叶。老的,少的,男的,女的,一个个手指灵活,动作麻利。面对竹篾盘里堆着的待分拣的茶叶,平日里大大咧咧的男人,也变得轻柔灵巧起来。茶对塘房人受益最深,塘房人对茶的感恩也最重。茶祥和的性味熔铸成了塘房人淡泊明志的个性,他们不骄不躁,安于现状,默守着"明窗净几安居好,清茶淡饭滋味长"的格言,一生一世耕作于茶园之中。许多年来,塘房的这种个性,就像苏辙在《茶诗》中所写的一样,"枝枯叶硬天真在,踏遍牛羊未改香",他们的个性已与茶的风格无异。茶园丰收了就丰收了,吃好点穿好点塘房人从不吝啬,财多财少塘房人看得并不重,男人有钱全花在茶园上,女人有钱全花在茶歌茶舞茶艺上,他们不知道把茶兑换成金条、美元深埋于地窖之中,他们不知道把茶兑换成戒指、项链包几个情人养几个"二奶"疯狂几回。他们把功夫全花在茶上,制作出名扬中外的好茶,不断丰厚茶文化底蕴内涵的实在。

一九二七年,我国当代著名作家艾芜南行时,也是与马帮结伴,经过云南驿、顺宁、塘房、鲁史、保山等地到达缅甸的。抗日战争期间,鲁史至顺宁驿道还一度成为抗战军需物资的重要供给线,大量的军用民用物资都从这里进出……由于塘房交通位置的重要,直至民国时期始终是中外客商汇聚的繁华村庄。

一九三八年秋,中国原有的红茶产区在日军侵华过程中沦陷,红茶作为重要战略出口物资货源断绝,为换取外汇,支援抗战军需,中国茶叶贸易股份公司派著名茶叶专家冯绍裘到云南开辟新的红茶生产基地。多方考察后,冯绍裘终在凤庆觅得制作上乘红茶的鲜叶,着手试制属于云南的红茶并一举成功,定名为"滇红"。首批"滇红"通过凤庆、塘房、鲁史古道、祥云,从滇缅公路运到昆明,再装进木箱铝罐,转运香港出口,转销伦敦,以每磅八百便士的最高价格售出,立即引起世界茶界的轰动。鲁史古道也成为那段日子唯一驮运过红茶的茶马古道。新中国成立后经过无数"滇红人"的辛勤努力,"滇红"得以发扬光大。一九九六年,为了做强做大"滇红",云南省凤庆茶厂整体改制为云南滇红集团股份有限公司,继续承担起传承"滇红"的历史重任。滇红集团出品的"滇红特级工夫茶"在一九五八年被认定为国家外事礼茶,一九八六年云南省省长和志强将其作为国礼赠送来华访问的英国女王伊丽莎白二世。从此,香高味纯,形美色艳,品质独特的滇红茶与印度、斯里兰卡红茶相媲美,成为中国乃至世界名茶。

核桃是塘房村的摇钱树,塘房村民倚山而居,每户人家房前屋后大都是核桃树。道路旁、地角边,或者半山坡上,到处都生长着核桃树,一棵棵,一片片,星罗棋布。我们去的时候错过了核桃树葱绿的季节,此时的核桃树光秃秃的,或多或少让人看起来有些萧条。村里人告诉我,谷雨过后,玉米苗刚刚冒出尖儿,核桃油绿的叶子就会像一双双绿色的小手,在春风中向人们飘然招手,一串串绿茸茸的花朵,倒挂在绿叶丛中,那是春天的田野一道道亮丽的风景。

"八月十五核桃香"。当地村民已习惯的认为,到了农历八月十五,核桃仁渐渐饱满,可以放开嘴去品尝。在这个时候,你漫步山野,一串串又大又圆的核桃,挂满了整个枝头,远远望去,像挂满了一串绿色小灯笼。有的树枝的因核桃结得太多了,把树枝压得趴到地面来;有的挂满核桃的枝条,甚至伸进小院里。核桃青果最好吃,从树上采摘下来,用专制的核桃刀,把白胖胖的核桃仁拔出来,轻轻剥掉仁外边一层白生生的薄皮,油而甜,味道极美。

核桃可烧着吃,外壳不砸开,放在火旁,经过烘烤,核桃的油脂分泌,

第一辑 抚摸乡村

异常的香。把鲜核桃仁捣碎，将鲜辣椒在烧红的炭灰里烧熟洗净切碎，用盐混合凉拌，不仅美味，而且开胃、健胃。还可以用作调料做花卷，将核桃果仁捣碎后，和盐、葱花、熟油搅拌在一起，涂在馒头上蒸熟，果仁的香味遍布花卷，吃起来香甜可口。

当然，最好吃的还是塘房核桃糖，塘房产大麦，当地人用玉米面、大麦芽等熬成糖稀，黏稠状，呈黄黑色。玉米是塘房村的特产，它的甘甜很能讨好塘房高海拔的土地，在二十世纪五六十年代，糖稀是对白糖严重匮乏的一种补偿，在塘房却意外与核桃结亲，成为那个年代里特有的风景和味道。

早年的核桃糖用核桃仁、芝麻、糖稀烀制，用一口大铁锅将核桃仁、芝麻炒熟了，搓去核桃仁皮，均匀地摊开，每一层上掺一点糖稀，反复几次，冷却后，核桃糖就制成了。核桃糖是孩子们冬季的上佳零食。晚上饿了，就切几块来吃，要香味有香味，要甘甜有甘甜，要滋补有滋补，要多惬意有多惬意。

走出塘房村，寻一处墙边的石凳歇歇脚，摘一束在石缝中长出的野花闻闻香，看屋前公鸡昂首阔步踱过石头的街道。夕阳西下，身边和脚下的石块静静地闪烁着岁月的印痕，深情地散发着石头的光芒。我知道，那些深深浅浅的印记，明明暗暗的沧桑，那是一种无言的石头历史，更是一种特有的村落文化，塘房以特有的魅力，支撑起了滇西茶马古道一方数百年的历史，这是一条辉煌的道路，这是一部生活的历史书籍，无论什么时候，都永远值得我们用心去阅读，永远值得我们用步伐去丈量。

故乡是诗礼

诗礼，一个澜沧江畔极其普通的小镇，她没有"大漠孤烟直，长河落日圆"的苍凉悲壮；没有"落霞与孤鹜齐飞，秋水共长天一色"的雄浑气韵；没有"日出江花红胜火，春来江水绿如蓝"的怡然陶醉，但诗礼却以它独特的魅力震撼着我的心灵，触动我心灵最深处的琴弦。

诗礼是一首写在儿女们心上的凝固隽永的诗；诗礼是一幅画一幅镌刻在澜沧江畔的精妙绝伦的画，诗礼更是游子们背上行囊一步三回头的眷恋，是走遍天涯海角也阻挡不了的一份浓浓的牵挂和深深的思念……

我是在诗礼土生土长的，记忆中诗礼的天空特别蓝，诗礼的水特别绿，诗礼的花特别美，诗礼的月特别亮，诗礼的山歌特别清脆，诗礼的故事特别有趣。

诗礼人家

薄雾缭绕，轻云飞舞，青草幽幽，流水潺潺。牵引着探寻的脚步，一不小心，跌入王维《山居秋暝》的意境——诗礼人家。

诗礼地无三尺平，但诗礼人用勤劳硬是在山腰上掘出平地三尺，依山傍水建起三坊一照壁，四合五天井，与北方那些整齐而呆板的乡村相比，诗礼人家并不讲究方向，而更讲究自然风水，背山面河又顺着山势的起伏

而建,错落有致,星星点点散布在谷地里,与周围雄奇而又清秀的自然风光显得如此和谐,也许这才是所谓"天人合一"的境界。

山高路远,山宽人稀,诗礼人家也就住得疏,诗礼人家不像城里人家,你挤我我挤你,一片片紧挨着。一道山沟,一座山梁,就把一个村子分成了好多个单元,一个单元就是一个村庄。东一户,西一户,这边一两家,那边两三家,甚至孤零零的独自一家,前不着村,后不着店,谓之自然村。自然村里少则一两户,多则七八户。地形所限,常常东家盖房椽子搭到了西家的墙上,西家的树种到了东家的屋后,一根椽子一棵树,便把诗礼人家连到了一起。

多见树头,少见人头。诗礼人家日出而作,日落而息,世世代代习惯了生活在这里。他们从山脚背来红土,将房屋山墙刷得格外醒目,将山石烧制成石灰,把门框、照壁装饰成粉墙画壁,卷草、飞龙、蝙蝠、玉兔,各种动植物图案造型千变万化,运用自如。更有不少带象征意义的,"金狮吊绣球"、"麒麟望芭蕉"、"秋菊太平"等情趣盎然。房屋大都用木雕制作,山水风光,花草动物栩栩如生。

诗礼人家格外的亲,不像城里人,门用防盗门,窗用防盗窗,邻里之间,门近咫尺而互不往来,相隔似乎很远很远。诗礼人家的大门是敞开的。柴扉、篱笆均有,草帘、秸捆同在,很少有像样的大门。敞开的门里是温馨,人们每天鸡啼晓月而出,日落黄昏而归,外出时随手掩门或任其洞开,无人计较公鸡引着母鸡进屋下蛋;也不在乎母猪领着小崽进门觅食。要是举家出门,在大门上搭个门鼻,插根树棒或柴棍,就可以放心而去。

诗礼敞开的大门,冲淡了人与人之间的隔阂,增进了人与人之间的信任。真是山泉水有多清,人心就有多纯。你吃饭串门,坐到了我家桌前;我家来了客人,睡上了你家炕头。农忙时,你帮我割麦,我帮你打场。中间累休息,这家端来了茶水,那家端来米酒。大伙儿坐在一起,品着甜甜的茶喝着醇醇的酒,心里乐滋滋的。更有那调皮的后生们,把人家刚过门的新媳妇抬起来荡秋千。摇累了，笑得憋不住气了，再把人家往麦垛上一抛，麦芒直刺得新媳妇儿咯咯笑，满脸羞红，躲进屋里再也不敢出来了。

一家来了客人，便是大家的客人，都争相邀请或许还不认识的客人到自家做客。这似乎成了永恒不变的规矩。客人走时，全庄上的人都到村口送行，若客人是姑娘家，还要挑选两个老实的后生一直护送到山外，感动得姑娘们直落泪，骨子里恨心上人儿不会这样体贴自己。

诗礼人家绿树掩映，门前溪流淙淙。阡陌相间，鸡犬相闻，村民自给自足，日子平淡而恬静，却是一份真实的相守。新农村建设来到了诗礼，电送进来了，电视接通了，通村路硬化拓宽了，原本清贫冷清的诗礼人家，多了温暖的灯光，多了千里之外带来的欢乐。山外的文明，山里的世界，得到和谐碰撞。千山隔不断，万水总是情，当人人都能共享改革发展成果，这就是以人为本的和谐社会，这就是和谐之基和谐之内涵！

诗礼核桃

诗礼的山野里，最有特点的要数核桃树了。不留意的话，你似乎不知道核桃树是怎样长大的。行走在田间村寨，不时有一片片茂盛的古核桃林撞入你的眼帘。它的巨大，它的凝重，仿佛一位位历经沧桑的老人，风雨中诉说着远逝的历史。站在它撑开的那片巨大的绿荫下，你便能感受到时光的悠长和人类的渺小，这些老者的年龄，或许只有千古不变的日月风雨了。

每年四月，在春天温暖的气息中，诗礼一排排一片片的树木便枝繁叶茂起来，无论是在田间、地头、山脚、沟边、全被核桃树木占领，村里的红墙绿瓦，被这些核桃林子包围得密不透风，处身核桃林中，你会觉得进入了一个满是翠绿的梦之境——恍恍惚惚又真真切切，扑朔迷离又实实在在，那树的魅力，时时擦亮你的目光，激动你的神经，打通你的脉络，一次又一

第一辑 抚摸乡村

次地开启你的心之韵,一种特别舒畅的诗情画意油然而生。

诗礼的核桃有铁核桃与泡核桃两种,铁核桃树大多生长在山沟山箐之中,树很高,分枝很少,结出的果实个小、皮厚、壳硬。在过去,由于交通闭塞,故乡的核桃全是自产自销,因此谁也没有去过多的注重它,自生自长的铁核桃在全村就占了一半多。外地商家是很不喜欢铁核桃的,他们觉得铁核桃核仁少,麻烦,拉到外地也赚不了大钱,即使吃一个,也会弄得满手碎末,得到的却只是小小的享受。是啊,生活的节奏那么快,谁还会有心情静静地蹲下来砸核桃品尝呢?

然而,就是这看似无用的铁核桃,诗礼人却用它榨出了最香最纯的铁核桃油。榨油的作坊就在老家的门外,油榨是用三四个人才能合围的古树做成的,中间有一小孔,叫榨脐,是专门用来接油的。当核桃成熟的季节,诗礼人用青竹竿把核桃击落在地,成筐成箩的背回家,用火炕烘干,用铁锤将核桃果砸成碎末,并用筛子筛细,筛出的核桃粉叫油面,将油面背到油作坊里,守作坊人的就用木甑将油面蒸熟,用稻草包成一个车轮形的粑粑,放进油榨里就可以榨油了。

守榨的人要站在油榨上,举起两百斤的大石锤,使劲砸在榨油用的木墩子上,油面受的挤压力大,出的油才多。在那吃不饱穿不暖的"大跃进"年代,诗礼人恨不得从油面里多榨出一滴油来,用来滋补他们几乎生锈的肠胃。因此,榨油师傅在村里是很受人们尊敬的,谁家的旱烟成熟了要送给他几把,谁家的南瓜结了也要带给他几个,唯恐他在榨油时偷懒而榨不出油来。尽管榨油如此艰辛,但铁核桃油清、纯、香,不油腻,炒出的菜色鲜、味香、口感好,因此很受人们青睐,于是,诗礼人管铁核桃油叫香油。但铁核桃油产量低,数量少,即使在诗礼也不能顿顿吃上,只是在逢年过节或有客人来的时候才能吃上几次。每每此时,故乡人就拿出一个口小、脖细、肚粗的土罐,倒出里面清丝丝的香油,做出香味可口的佳肴,享受乡村美味。

泡核桃是诗礼真正的宠儿，它仁厚、皮薄、肉白，很容易地就可以把它壳仁分开，因此很受客商的青睐。近些年来，核桃的保健功能越来越被专家们所重视，认为核桃是一种高级绿色食品，有"长寿果"、"金果"、"益智果"、"万岁子"、"大力食品"之称，特别是核桃中含有的不饱和酸成分，可以防治高血压等疾病，是治疗"富贵病"的最好保健食品。于是，核桃的地位一次又一次被人们提升，核桃的价值也一年比一年上涨，诗礼的核桃也随之一年比一年茁壮。

诗礼核桃成熟的日子，大人们扛着长长的竹竿，小孩、老人们背着篓子，拎着篮子，三五成群地去打核桃。竹竿声、核桃落地声、小孩吵闹声和大人们的喜悦声混合在一起，奏成了满山遍野欢快的乐章。

诗礼的核桃树又粗又高，并不是每个人都能爬上去的。但村里不缺乏爬树的高手，在这段日子里，爬树高手便成了孩子们仰慕的英雄，恨不得自己也能像猴子一样，轻轻松松地做一回核桃树上的英雄。爬树高手们一家一户轮着打核桃，除了吃上一顿饱饭，就只有几句赞美，并不会有其他的报酬。近些年却世风日下，请人打核桃要付较高的工钱，付不起的家，就用核桃顶替，其中夹杂了些金钱利益，再想收获赞美，恐怕很难了。

打下来的青皮核桃堆在院子里，用不了几天，厚厚的外皮就和核桃壳儿脱离了。用刀子划花了外皮，核桃籽也就自然脱落了，去了青皮的核桃就叫花核桃，秋深了，留在树上的核桃，熟透了，风一吹，便落了下来，青皮四散，全是一个个干干净净的花核桃，这时的核桃，仁儿特别的饱满，又油又香，所以又叫油核桃。核桃籽摊开了晒在场院里，这时的人们算是最奢侈的了，下地上山干活，揣了干粮，抓几把核桃装在兜里。核桃仁就是干粮，可以算是天下最美的快餐了。

在诗礼人的生活里，核桃似乎发挥着无所不能的作用。客人来了，用它招待。探亲访友，它是最佳的礼品。孩子哭了，塞两个核桃哄哄。嫁出去的女儿回婆家，老人们总是一边揉着红肿的眼睛，一边往女儿的兜里塞

进一把又一把的核桃。大年初一，一家挨一家地磕头拜年，所得的赏赐，不是压岁钱，而是塞满两口袋的核桃……那情那景，整个乡村都醉了。

诗礼磨坊

在磨坊与现实越来越远的时候，我的记忆却总是与诗礼的磨坊不期而遇，这个时候，我会忘记天空与土地，眼前只有一间间与溪水河流结亲联姻的磨坊，它们如一首首抒情的诗歌，在我的视野中纵情流淌。

诗礼的磨坊千篇一律地守候在村脚一条河流的两岸，河水不知什么年代开始流淌，常年润泽着两岸的村庄又孕育出了这些参差不齐的磨坊。远远望去，毛草竹篱建盖的磨坊通体雪白，矮矮胖胖的如一个个随意堆砌起来的雪人，正是这种白，使磨坊永远硬朗地站立在村边，使她不知疲倦地咀嚼着诗礼村庄的五谷杂粮。

青黄不接的季节，是诗礼磨坊最孤独的日子，没有流水为她鼓劲，没有磨棒与她合鸣，使她徒有一口崭新的牙齿在无所事事的时间里看着头顶的白发日益暗淡。如同村庄饥肠如鼓的人望着磨坊，焦躁不安的磨坊望着田野。磨坊无声，人群无言，磨坊饥饿，村庄的人饥饿，唯有庄稼成熟的气息传来，磨坊的生机才会活跃，人们的脸庞才会绽开笑靥。

诗礼石磨青灰色，是村后的石山上特产的，磨分上下两扇，下扇很厚，是固定的，上扇较薄，与水轮车联在一起，只要往水轮车上冲水，它就会转动，它上面的磨棒跟着振动，把粮食从漏斗里振动下来碾碎。磨面时，水争先恐后进入磨仓，水小磨慢，水大磨快，成升成斗的粮食从磨眼里流进去，没日没夜地吞吐，咀碎了无数的粮食亦咀碎了诗礼乡村悠长悠长的日子。

诗礼磨坊里的地板用质量很好的木板铺就，几万次的脚踩手触使地板光滑得贼亮，人走上去，脚下脆响的声音在我的耳边回响了数十个春秋。"石不转磨转，山不转水转。"，磨跟着水走，人绕着磨走，数千年的步伐依旧，数千年的旋律依旧，没有此起彼伏的韵调，没有幽雅恬静的舒坦，石磨周而复始的只诉说着同一个无头无尾的故事。磨坊狭小，却容下了诗礼人累计的日子，一代又一代的诗礼女人在筛面的声中变成了老太婆，一代又一代的诗礼男人在石磨的合鸣声中变成了老翁，粮食被磨得模糊，心灵被磨得木讷，磨坊里的等待成就了人生的无奈，于是，就有了磨坊里的火塘，那些火塘边的夜话，紧缩了磨面人等待的时光。

我的童年就是在诗礼石磨的呼吸声中度过的，听着那不缓不紧的节奏，我的心就有一种实在感，因为——绵长石的磨声时时令我想到荞窝窝、麦粑粑、玉米团以及中秋时节又苦又甜的月饼。跟随大人们磨面的日子，是记忆中最难熬的时光，大人们将粮食背进磨坊就去周围的田野里劳动去了，而我却被定在排队的人群里，看着守磨人走进走出的不知在忙些啥，听着石磨的轰鸣，好动的我实在没有等待的耐心，排队时往往是半途而废，父母不止一次地对我说："马看蹄爪，人看从小。"就我这点耐心，长大了也办不了大事。长大后才明白，父母每次背进磨坊的那点粮食得来实在是件不容易的事，人多劳少的我家在那年头是超支户，用工分换来的粮食不足半年就得四处借钱借粮，得知粮食的珍贵，我等待磨面的耐心就与日俱增，以至于今天的这点个性，都可能与磨坊有关。

前几年，诗礼修了公路又架通了农网，黑灯瞎火的历史在诗礼乡村结束，人背马驮的时光一去不复返，各种磨面机械琳琅满目，生产效率是石磨远远不可比拟的，从此以后，诗礼磨坊成了无人问津的角落，房屋的木料被劈成了柴火，石磨做了铺路石，几个雨季之后，磨坊墙也回归了自然，一切都好像不复存在，一切都成了遥远的传说。

产磨的石山依旧，只是打磨人已经随着磨坊的消亡而消失，隆隆的现代采石机械将这里变成了产销青石板砖的工地，生意红得发紫，利润是制磨业的好几倍，只是看着那日益矮小的大山，心里总感觉不是滋味，如果我们将利润与生态建设结合起来，我想，那将是件功德无量的事。

第一辑

抚摸乡村

美丽的村庄

　　有人说,乡村是一首土得掉渣的诗,有人说,乡村是一幅淡淡的水墨画,而我则认为,乡村是一曲动听的歌。

　　厌倦了都市的喧嚣,总向往那闲适与宁静的乡村生活,那散落在滇西凤庆县水墨画卷般景色中的董扁村便是一个理想的去处。

　　董扁村历史悠久,资源丰富,风光旖旎,彩练般的凤小公路在村中蜿蜒飘逸,靓丽的民居房在公路旁随意展开,让你禁不住要停下车来欣赏,拍张照片纪念。抬眼处,满山是青翠的茶园,勤劳的采茶人在悠悠茶香里若隐若现,置身村庄之中,处处流露着诗意。

　　村庄到处是小洋楼,小青瓦、坡屋面、白灰墙。你家依山而建,我家伴路而居,各家各户因地制宜,每一栋民居都别具一格。房前屋后栽树养花,与山水田园和谐融为一体,颇有些"长藤结瓜"的韵味。

　　第一次与董扁村相遇是在二十个世纪八十年代末,记得那时我接到那张薄薄的、重重的、预示着改变我命运的录取通知书时,真是喜出望外。老家在诗礼乡,在我的家人和所有山里人眼里,我拼命读了十几年书终于出息了,可以不继续在农村翻山越岭推小车了,可以远离臭气熏天的猪圈牛棚,可以不再一日三餐啃山茅野菜……离开小山村,怀揣着求学的梦想上路,在距凤庆县城"五公里桩"处与董扁村不期而遇,那时,董扁村只是一个毫不起眼的小村庄,破旧的老屋在山坡上随意生长,坑坑洼洼的公路蹒跚着身躯,低矮的土墙院落随处可见,那些老屋门上躲躲闪闪的目光,不由得你不停下脚步来细细打量。那时,就像走进了历史风尘中,在青山里、在村道旁、在不经意中,一处处年久失修的残壁断垣,一段段弯曲的土路,一棵棵苍翠的古树,一口口青苔漫布的水泉深井,都在诉说着一个个遥远的传说和一个个艰辛的故事。

而今,当我随着凤庆县作家采风团再次走进这个小山村,我愕然了!那些老屋呢?那些断墙呢?奔眼而来的,只见洋楼洋房随意耸立,谁知道那浓浓的绿荫深处还藏着多少惊叹。

"绿树伴屋长,茶园远近山,核桃烟似带,民居耀人眼"。靓丽的民居,曲折宁静的街巷,水泥铺就的小道,野碧风清的自然环境,如火似霞的三角梅,无不令人神往,令人沉醉。

这里的早晨很迷人,阳光普照的村里镀上了金色,清爽的空气十分甜蜜。那么淡淡的清清的雾气,那么润润的湿湿的泥土气味,不住地扑进人们的脸上和鼻子。田野中的青苗,在阳光的映照下,显得如美妇人脸上的醉酡颜色。村庄的人很忙碌,有种田地的,有做建筑的,有做核桃加工的,有出街入市做买卖的……一切都是那样的有条不紊。

田野里,村民点缀在无边无际的田野和山坡上。施肥的,除草的,培土的,杀虫的,种瓜的,种豆的,到处迸发出清脆的欢笑声。

董扁村是够美的,尤其是夏天,随便走到哪里,从村庄到田野里,到处都是成片的绿色,屋后多为高大的核桃树,有心的人家门前还常常栽有三角梅,桃李,枇杷树或是一蓬蓬苍翠的竹子,屋顶总有几只小鸟在悠闲地啄着午后的时光。村路旁三角梅和低矮的桑树随处可见,田野里大片大片碧绿葱郁的庄稼生机勃勃。而农家小院里,大都栽满了辣椒、茄子、黄瓜、西红柿,甚至院墙上树上也爬满了丝瓜、苦瓜之类的绿色的藤蔓,自由伸展着开花结果的梦想。

有人说,董扁是盛产诗歌的地方,而那种境界的美,往往不需要文字

第一辑

抚摸乡村

的形式和内容。是的,一个纯粹乡村朴实的小小村庄,在没有欲望只有真诚的时候,倘若被你发现和理解,你又怎么会不被董扁这种诗质的呈现所倾倒呢? 美的没法形容和言传! 只能够用心平静地感受。也许,这就是诗人们苦苦追寻的那个诗意的境界吧?

归途中,不知是谁脱口而出:"江山万里,遍地春风起。染赤了神州,人民喜。看和谐社会,新村屹立雄伟。村民盈实惠。生活攀升,农牧副齐展翅。

"新农村点上,唯董扁最佳。民居紫云遮,庭堂美。绿树红花璀璨,田园净,休闲憩。一葩催万卉。幸福家园,感党恩人钦佩。"

美丽的董扁村,我还会再来。

乡村年味

喜气洋洋吃八碗

吃年夜饭,是春节家家户户最热闹愉快的时候。大年夜,丰盛的年菜摆满一桌,阖家团聚,围坐桌旁,共吃团圆饭,心头的充实感真是难以言喻。人们既是享受满桌的佳肴盛馔,也是享受那份快乐的气氛。

在故乡云南,年夜饭都是要吃八大碗的,酥肉、红肉、炒骨、漂汤、糊皮、冻鱼、甜肉、泡肝。桌上的菜一般少不了两样东西,一是土锅,一是鱼。土锅煮食,热气腾腾,温馨撩人,说明红红火火;"鱼"和"余"谐音,是象征吉庆有余，也喻示年年有余。爆鱼等煎炸食物，预祝家运兴旺如烈火烹油。最后多为一道甜食，祝福往后的日子甜甜蜜蜜。

儿时，我家自然是不可能吃上这些肥肉厚酒的，外婆也就因陋就简，就地取材，给我们做"素八碗"：没有火腿，就用豆腐皮、酱油、姜末、麻油等做成软中带硬形状像火腿的素火腿；没有排骨，就把嫩藕切成菱形，并将嫩藕挂糊，油炸后用淀粉勾芡，就做成了色泽红润、酸甜脆嫩的糖醋排骨；将洋芋切成丝，用面粉挂糊，油炸后就成了色泽油炸金黄的螃蟹；将粉皮切成片，用面粉上浆，油炸成金黄色捞起，在余油中投入调料，放入炸好的粉皮，用淀粉勾芡，便做成了软熟适口的鱼片；把熟水面筋切成丝，上浆，放入油锅过油后捞起，投入青椒、笋丝煸炒，用湿淀粉勾芡，再投入炸好的面筋翻炒，便制成了色泽绿白相映的翡翠鸡丝；把卷心菜、豆腐干等切成丝，放入调料炒熟成陷心，用豆制饭糍将陷心包成圆筒形，放入油锅炸成黄色，用淀粉勾芡，就做成了素肠；把水面筋切成丝，油炸成白色后捞起，放入调料用湿淀粉勾芡，便做成了炒牛肉丝，烧鸡则用豆腐皮加调料和面粉为原料制成，色泽红润，酥脆鲜香。

吃八大碗的礼仪非常讲究，一张八仙桌，一桌最多八人，先从上席最左那人开始夹菜，能坐上席之人，自然是德高望重的外婆，上首之左为大，右次之，外婆先夹一点菜，然后第二人接着夹，大家才依次端碗反时针轮流夹菜，一轮过后，全桌人的筷子才会七前八后伸向桌子最中间的菜碗夹菜吃，但绝没有抢夺和选择的迹象，挑到哪个就是哪个。

"八大碗"宴席中，那酥肉在蒸笼里蒸得又酥又软，香气缭绕，芳香扑鼻，看上去就像一个圆圆的蒙古包一般。技艺高超、别出心裁的外婆还会在酥肉的"蒙古包"顶上覆盖上一层薄薄的糯米粥，浇上老烧酒，撒上几粒葱花，端上桌来，先要用火柴点燃，等那绿莹莹的火焰燃过之后，才能举箸食用。那薄薄的糯米粥吃起来热气腾腾，芳香糯软，还有淡淡的酒香，沁人心脾，味道鲜美，余味无穷。

第一辑

抚摸乡村

泡肝最具家乡特色，在滇西农家，每年冬季都有杀年猪腌制猪泡肝的传统习惯。杀年猪后，取出鲜猪肝，调配好精盐、草果、胡椒、花椒、八角、辣椒、大蒜、姜、调料酒作料，再用备好的细小鲜金竹管分别插入猪肝胆管分布的管口，逐一把配好的作料放入金竹管内，用口对着金竹管口用力把金竹管内的作料全部吹入猪肝内，吹至猪肝泡大为止。猪肝吹泡大后，把猪泡肝挂于阴凉处，使其自然风干。

猪泡肝在当地是一道特有的珍贵风味菜，只有年节和尊贵的客人到来时才能吃上这道菜。做猪泡肝这道菜也很讲究，首先要用锅煮熟一块五花肉，然后才把猪泡肝放入五花肉一起煮，待猪泡肝煮熟后，分别把熟五花肉、熟猪泡肝用刀切成薄片混合放入盘中同食，食后满口余香。

"冻鱼"是将鱼煎黄，加糟辣椒、泡姜、糖等作料煮熟放冷，大钵头装鱼放竹篮内吊下水井中冻一夜，第二天食用，味极独特，冷、酸、辣、咸、香，令人拍案叫绝。

滇西山里人家，热情好客，憨厚淳朴。家里即使平时来了客人，也总会尽心尽力地热情招待。不像现在的城里商贩，即使去坐坐他家的凳子，也会要钱，否则请你离开，拒你于千里之外。如今我已离开老家在异地谋食多年，俗话说"水是故乡甜，月是故乡明"！我常常觉得：年饭还是故乡的"八大碗"亲热，那地地道道的生态"八大碗"，让人宛如桃花源中人，留恋不思返。

欢天喜地舂耳块

"过年过节，耳块撩厥。"这是我小时候唱的儿歌。在云南乡村，一到腊月，村里就可见到淘米舂耳块场面。

耳块是"云南十八怪之一"。舂耳块一般是四、五户人家合伙作业，需要泡米、淘米、蒸米、舂粑等工序。

泡米，用盆或桶盛足清净水，将糯米倒入其中，一般浸泡二十四小时左右，米要浸得不干不湿，拈粒米甩在嘴里，一咬两断，不能发声，也不能粘牙。淘米，主要是淘沙滤石，主人知道，过年的东西掺不得一点沙石，因而总是淘了又淘，洗了又洗。

蒸米用的是木甑，烧的是柴火。灶下，柴火叽叽作响地燃烧，映红了主人的脸；灶上，烟雾缭绕，直上云霄，我们总是不停地添柴加火，忙得解衣脱帽，满脸尘灰烟火，犹如灶君老爷一般。锅水咕咕噜噜地沸腾，甑盖四周水汽叽叽作响。这时，揭开甑盖，撮着嘴，猛吹一口气，抓一撮尝尝，糯米的香味立即贯通脑壳。

舂粑用的是石脚碓。脚碓是乡村人家门口的一道风景，村口的空地上，脚碓红木树制作，结实耐用，石臼用麻布石凿成，似盆如碗，埋入土中，只露出口。石臼用开水泡洗干净后，将甑中糯米倒入其中，洁白无瑕、闪闪发亮，好似一件圆柱形的冰雕。舂脚碓一般是年轻力壮的人，他们扶着简易的木架，侧身弯腰，两脚呈"丁"字形，一上一下、整齐划一地舂向石臼，开始是"小鸡啄食"，粒粒糯米，渐渐地被捣成乳浆似的浆粑。当糯米包紧脚碓嘴后，舂碓的人便开始喊着号子"撒碓马"（舂碓的声音像奔驰的马儿一样快），此时，在碓嘴掌握火候的师傅手忙脚乱，一不小心，粑粑就会甩出石臼，名副其实的成了"撩厥"，赢得围观的人喜笑颜开。淘气的小孩乘机点燃爆竹扔向空中，啪地在空中炸出一道火花，吓得胆小的人蒙住耳朵，赢得人们又是一阵大笑，那笑声，久久地回荡在村庄的上空。

舂好的浆粑放到事先准备的桌子上，师傅再开始做粑。做粑师傅双手利落，先将浆粑趁热搓成长长的条子，接着又按成宽宽的带子，然后再做成一块块正方或长方的耳块。有的还在粑上套上红色，印上"小鱼"或"大吉大利"之类的字，白色的底，红色的字，令人赏心悦目。

耳块香味吸引了寨里人，前来看粑、吃粑、帮忙做粑的人络绎不绝，主人接待客人应接不暇。有人爱吃石臼里的浆粑，多数人爱吃火烧耳块。

将成品粑切成小块,夹在火钳上,放进灶里,用温火烘烤。粑两面烤起黄黄的壳子,渐渐鼓胀得像吹起的气球,粑面接着渐渐"笑开",蘸上点陈年蜂蜜。如此火烧耳块最香、最甜、最可口。据村里的老人说,过年吃耳块,一年四季财运来得快,儿孙来得快。

笑逐颜开尝盐味

"小孩小孩你别哭,过了腊八就杀猪",这是大人哄孩子的一句谚语,可见杀年猪在人们心里的分量。年稀日子稠,乡里人看重年,一年里很多日子都在为年谋划,才进秋天,就到集市上或同村有喂了母猪刚出圈的乡亲那里逮回两头猪崽,算计着,等猪长大,一头卖钱,一头杀了尝盐味。

"有猪过年,不用愁钱"。猪崽逮回家,圈垫得干干的,槽刷得净净的。白天出工上地歇息时薅了猪草收工带回去,往圈里一扔,猪崽摆着尾巴欢喜得不得了。夜里躺在床上听见圈里的猪叽叽哼哼,心里觉得踏实。顽皮的猪崽很争气,见风长,毛越来越顺,越来越光亮,经主人一瓢水一把食地养成了肥猪,终于到年关时能"自产自食"了。

尝盐味这天,主人家像过节一样喜庆。大清早,主人就起了床,把院子打扫得干干净净,然后进灶房烧水。红红的灶火愈烧愈旺,锅里的开水"咕噜噜"沸腾,尝盐味的人陆续到来,一进门,就恭贺道喜。

杀猪的工序七手八脚,只见杀猪佬手端着沾满油腻和猪毛的套圈,悄悄走到猪前,"唰"地一下,用梭子套住猪脖子,猪痛得不敢动弹。紧接着,两三个青壮年上前,抓耳的抓耳,揪尾巴的揪尾巴,很快将猪抬上方桌,明晃晃的刀锋不缓不急朝猪颈部要害处捅进去,刀把直没肉里,早有人把接血的盆放到了猪脖子下面,嗖地一下拔出刀来,猪血顺着刀口哗哗地流到盆里,接血的人就用两根木棍在盆里不停地搅着,然后在猪血上放上几块特大的木炭,以去腥味,此时,猪的号叫,鸡狗的惊叫,娃儿的喊叫,大人的喧哗,混在一起,把乡村的腊月搅沸了。

褪毛是用废旧的铁皮弯成刀状的刮板,一边浇水一边咔嚓咔嚓地刮,之后,有人倒肠子,有人摘肥油,有人分解猪肉。一般的情况下,要把猪的头蹄下水去掉,从腹部中间断开,再以脊椎为轴,用砍刀子劈开,成为四大块。杀猪是为过年作准备,所以大部分肉是按脖、脊、肋等部分分解成块,和灌制的香肠等一起,放进大缸里腌制。冬季寒冷,猪肉从腊月存放到次年也不会变质,精打细算的人家就会把这些肉按计划使用。

乡里人重亲情,待人厚道。杀了猪,要请人尝盐味。说是尝盐味,其实满满一桌菜,炒肥肉、炖猪脚、炸猪肝数不胜数。堂屋里,热气腾腾,烟雾袅袅,烟雾夹带着喷喷的肉香味,把一张张脸熏得油光满面。大家边吃边喝,边说边笑,觥筹交错,猜谜划拳,换着法儿把桌上气氛推向高潮。

其乐融融扫房子

"腊月二十四,掸尘扫房子。"这是家乡人一直流传下来的习俗。儿时印象中,每年腊月二十四,都是阳光明媚的。早饭过后家家户户就都开始打扫房子庭院,清洗各种锅碗瓢盆,拆洗被褥窗帘,擦窗台桌子,洒扫六间庭院,掸拂尘垢蛛网,疏浚明渠暗沟。到处洋溢着欢欢喜喜搞卫生、干干净净迎新春的气氛。在村子里任何可以搭晒东西的地方晾晒满床垫、毡子、被子、床单,花花绿绿的成为乡村不是风景的风景。而我们总会在这些东西里钻出钻进地玩,被大人们看见捏一把耳朵是免不了的,因为我们破坏了她们的劳动成果。

父亲一大早就去砍了一棵枝繁叶茂的竹子回来,把根部的枝杈修去,只留下扫把一样的竹尖。农村的房屋大多土木结构或砖木结构,蜘蛛昆虫是邻居进进出出,燕子麻雀是亲戚常来常往,长长的竹扫把使用起来不像人字梯那样麻烦,也不像鸡毛掸子那样费事,既省时又省力,父亲边扫

第一辑 抚摸乡村

边念念有词："有钱没钱，扫扫过年。"

父亲说，二十四，扫房子是大有来历的，古时候，人的身上都附有一个三尸神，他经常给玉皇大帝打小报告，说人间要谋反天庭。玉帝看后大怒，命他把罪行写在说玉帝坏话的人家的墙上，再让蜘蛛结张大网，挂在屋檐下做记号。玉帝命王灵宫除夕之夜下界，凡见到三尸神做了记号的人家，就满门抄斩。三尸神见阴谋将要得逞，自己可以独占美好的人间了，就将每户人家的墙上都做了记号。灶君发现了三尸神的阴谋，急忙找来各家的灶王爷商量对策：从送灶之日起，在除夕前家家户户必须打扫得干干净净。等王灵宫大年夜奉旨下界察看时，发现百姓安分守己，辛勤劳动。玉帝从王灵宫和灶王嘴里得知三尸神冤枉好人，怒火万丈，将三尸神永押于牢。从此，心地善良的灶君受到大家的拥戴，每年腊月二十三都要祭灶，扫尘也随之成为民间的习惯。

其实，"腊月二十四，掸尘扫房子"的风俗由来已久。据《吕氏春秋》记载，我国在尧舜时代就有春节扫尘的风俗。按民间的说法，因"尘"与"陈"谐音，新春扫尘有"除陈布新"的含义，其用意是要把一切"穷运"、"晦气"统统扫出门。这一习俗寄托着人们破旧立新的愿望和辞旧迎新的祈求。宋吴自牧《梦粱录·除夜》记载："十二月尽，俗云月穷岁尽之日，谓之除夜。士庶家不论大小家，俱洒扫门闾，去尘秽，净庭户，换门神，挂钟馗，钉桃符，贴春牌。"清徐崧、张大纯《百城烟水·苏州》亦有"二十七日扫屋尘，曰除残"的说法，清顾禄《清嘉录·十二月·打埃尘》则有："腊将残，择宪书（指历本）宜扫舍宇日，去庭户尘秽，或有在二十三日、二十四日及二十七日者，俗呼打埃尘"的记录，清蔡云《吴歈》这样描写扫房子习俗："茅舍春回事事欢，屋尘收拾号除残。太平甲子非容易，新历颁来仔细看。"《岁时琐事》则说："十二月二十四日扫舍宇，凡有所为，不择宪书，多嫁娶，谓之乱丝日。"

而今居住在别人的城市，扫房子成了保洁公司的专利，电子吸尘器替代了鸡毛掸子，一条无形的血脉将"扫房子"的乡俗之花浇灌得枝繁叶茂，同样的时间，同样的"腊月二十四，掸尘扫房子"，同样不变的"扫房子"思想，不一样的是，时代前进了，品质提高了，因而"扫房子"被赋予了不同的内涵，为了家人过上一个干净、幸福的温馨之家，难道"扫房子"还没有被关照和被推广的充分理由吗？

欣然自得做年鞋

每年腊月，滇西乡村的门前屋后、院边篱侧，随处可见大姑娘、小媳妇三个一堆、五个一伙剪纱裁布、飞针走线，纳鞋底、做鞋帮、钉鞋扣，一刻不闲的做年鞋，熙熙攘攘的欢声笑语将整个腊月生动起来。

做年鞋的整个流程至今还记得一清二楚，母亲首先在门板上刷上一层层面糊，然后由她亲自将一块块零头碎脑的布片一块块、一层层整整齐齐地粘到门板上，数天后，门板上的布就结成了一整块硬硬的"壳"。叫打硬布，母亲按我们脚板的大小，将硬布剪裁成一个个鞋底样子。

接着就开始纳鞋底了。纳鞋底是要功夫的。厚厚的底，一针锥下去，既要用顶针，又要拔针，一针一线要鞋底纳满，足见其劳神费力。在我印象中，鞋底母亲是随身带的，做工的间歇纳上几针，串门时要纳，连走路时也要纳。有时农活忙得紧，母亲就加夜班。一觉醒来，看到堂屋里还亮着煤油灯的灯光，只见母亲手臂的影子在昏黄的墙壁上不停地画着一道弧线，接着就听到了"呼呼"的拉扯麻线声，不觉心中为之一热，眼眶就立即湿润并逐渐饱满起来。纳鞋底还要心灵手巧，纳一般的鞋底，鞋底上的"星星"要横看成路，竖看成行，斜看成线，这样的鞋底叫千层底。

鞋帮各式各样，老人喜欢穿剪子口棉鞋，鞋口像一把剪子，穿这种鞋，脚暖和，穿脱方便；年轻小伙子爱穿松紧鞋，松紧鞋鞋口有松紧带，穿在脚上可松可紧，行走轻便，干活利落，穿这种鞋养脚、保脚、不臭脚；姑娘、新

媳妇爱穿绣花鞋,鞋面是剪绒,上面绣着花花草草,穿上这样的鞋人就显得更美;孩子们爱穿兔鞋、猫鞋、狗鞋,孩子穿上这样的鞋显得格外天真可爱。若是在上鞋帮时夹上一转白线做成的"白毛",那就成了大白毛边底,这种鞋是女人送给男人的定情物,也叫定情鞋。

鞋底纳好,鞋帮缝上,最后定型。乡村没有像现在这样的技术,定型胶往布料上一喷,问题瞬间搞定。母亲用的是大小不同、形状迥异的木制的楦子,楦子往鞋里一撑,几天后,一双有棱有角、像模像样的新鞋就做好了。

年鞋是吉祥物,年鞋是乡村人精神的写照,有诗云:"出门成对入成双,坎坷一生步履忙;苔锁野蹊常失足,雾迷荒野久彷徨。日挑重担居人下,夜敞微躯宿榻旁;雨雪风霜同历遍,无言相顾各悲伤。"

新年了,长辈们都会教导儿女:原来的新鞋成了旧鞋,如今的旧鞋又换了新鞋,但千万不要忘记自己穿多少码的鞋,否则,鞋太紧了,脚脖子会蹭破一层皮。

<h1 style="text-align:center">乡间土拉巴</h1>

土拉巴是口语,意思是乡村农民用来抽烟的工具。

在乡村,很多农民抽烟不是像国家干部那样为了享受,而是为了提神,特别是农忙季节,农事不等人,农民精力不济时,就要抽支烟来振奋一下,明知抽烟有害健康,可是为了活计,不得不如此。当然也有人是闲得无聊,要用抽烟打发时光,"饭后一支烟,快活似神仙",你一支"红河"

丢过去，他一根"云烟"传过来，彼此的感情就在烟灰烟灭中拉近。

　　抽烟的人多了，自然就诞生了五花八门的抽烟工具。农民虽然用不上翡翠、玛瑙、楠木、玉石雕琢的烟具，但他们有的是手艺和智慧，一截树根、一块陶土、一棵竹子都成了他们制造烟具的上好材料，名副其实的土拉巴也就从此诞生。

　　土拉巴由烟嘴、烟锅、烟杆三部分组成。烟嘴、烟锅多用金属铜、铁材料做成，形状大同小异，差别不大。烟杆一般用竹、木制成。短烟杆是农村中普遍使用的大众化烟具，长一尺多，一般用竹管制成。烟杆前端装上烟斗，尾部安上烟嘴配上烟袋，适宜吸土烟用，携带比较方便，不用时插在腰间。长烟杆用金竹制成。选走边竹笋，出土后约尺许高时，开始从根部剥去笋衣，一至两天剥去一张，使其生长缓慢、节密，越往上长，竹秆越细。寒露节后，用锄连根挖出，置于通风阴凉处自然晾干。再用铁丝打通竹节，配上烟嘴烟锅，烟荷包、打火镰以及山羊角、野猪牙等饰物。一杆古色古香、富有民族风情的长烟杆便包装完毕。农村中老年人特别喜爱长烟杆，一般出门务农赶集，长短烟杆都带。长烟杆除吸烟量大过瘾外，还可以当扁担挑东西，晚上走夜路可以当防身器。

　　但是，无论是短烟杆还是长烟杆，选择的竹节都是七节，农人抽烟时，都会默默叨念：生、伤、老、病、死、苦、生，七节竹管从生到生，意味着人的生命生生不息。

　　父亲是地道的乡下人，喜欢抽旱烟。几十年了，那只麻栎疙瘩雕就的土拉巴一直是父亲的心爱之物，精制的土拉巴和特别的烟袋总伴随他左右。父亲常说，在他的生命里最爱的是家庭，那是他一生的感情寄托，另一个就是土拉巴了，那是他的精神支柱。每年秋后，父亲都会托人买几斤廉价的烟叶，然后小心的放起来。平时，揉碎了捻进他的土拉巴里。有时，同事好友递他烟卷，父亲总是晃晃手中的土拉巴说："我抽这个！"实在推却不过，就把烟卷放在桌子上，另有人来了递给他们。日子虽然很艰难，

但从未难倒父亲。每当家里碰到什么难事愁事的时候，父亲总是坐在一旁，装上一袋烟，无声地抽着。那缭绕的烟雾似乎具有一种神奇的功效，一袋烟抽完，父亲总能想出解决问题的办法。

一九八七年，我考起了大学。当我兴冲冲地从学校奔回家告知这一喜讯时，全家的喜悦之情只一顿饭工夫，又为那昂贵的学费犯愁，为给母亲治病，家里已债台高筑。沉默了好一会儿，父亲断然决定，以后不再抽烟，省下一点钱给我去读书。为了表示彻底戒烟的决心，父亲跑进屋后将那心爱的土拉巴扔进河里。看着父亲的举动，我的心在滴血。瞬间，我清晰地看到父亲背影的高大，更感受着贫困对知识的摧残。

步入社会后，我特意买了支石楠木制作的烟斗送给父亲，父亲却指着陶土制作的土拉巴说："买那贵重的东西干啥，你买的东西虽然贵，但抽着不舒服，我们乡下人自己制作的土拉巴，虽然粗糙，但用着心安理得。"边说边"生、伤、老、病、死、苦、生"叨念起来……

神秘的苗寨

在十万大山拱出的滇西，在桀骜不驯的澜沧江畔，有一个神秘的村庄，她就是云南省临沧市凤庆县新华乡紫微村民委员会。

紫微村现有住户七百四十四户，其中苗族三百户，人口三千三百二十六人，其中苗族一千八百人，占总人口的百分之五十四。该村苗族属汉藏语系苗瑶语支系西部方言，没有文字，他们一般都通晓汉语。

紫微村的苗族主要有"青苗"、"白苗"和"花苗"。青苗大都来自贵州,白苗大都来自广西,其语言习俗大同小异。据《顺宁县志》卷九载:"苗人多自贵州迁徙,而数甚少。按《南诏野史》:'乃三苗之后,有九种,黔省最多,流入滇中者,唯仲家花苗而已。'"对于具体迁徙时间,已无史料考证,他们来凤庆已有六七代,有一百五十多年的历史。

紫微村地形多为崇山峻岭,林木葱茏,重恋起伏,农户居住较为分散,多数农户倚山而居。苗族农户主要分布在卡吗、大沟、杜吗、麻栗树、胜利、草皮路、不坦、岩子头八个村民小组。经济作物主要有核桃,烤烟,其他经济来源还有畜牧业。农作以传统的方式进行,住房以土木结构的汉式建筑为主,交通发展较为缓慢,仍以人背马驮为主。

在漫长的历史进程中,紫微村苗族创造了自己丰富多彩的民族文化,民间流行着开天辟地和造人的传说。早期神话传说中有"老人开天地"、"种子哪里来"、"洪水朝天"、"兄妹为夫妻"等,可惜没有造成自己的文字,为了记住那遥远的故乡,那逝去的先辈,那神奇的传说,那多彩的舞姿,他们只能用"唱"和"跳"的形式来延续自己的历史,保持自己的文化。这样,就创造了紫微村苗族一部"唱"的史诗,一部音乐化的民间故事集,一部民族乐曲和丰富多彩的民族舞蹈。

苗族的民族民间舞蹈是丰富多彩的。比较突出的有两大类,一类为自娱性的舞蹈,即在婚嫁等喜事时跳的;一类为祭祀性的舞蹈,在"做斋"时跳的。苗族称为"打歌"。这种"打歌",小孩背在脊背上时就受到熏陶和影响,故能一代一代流传下来。"打歌"时都用芦笙伴奏,吹芦笙的技艺一般都通过师父口传身带。拜师父要送酒,给师父缝一件绣花的长衫子,给师父生活上以较好待遇。出师时在做斋等公共场所给师父倒两杯酒,每杯一两左右,以示尊敬,从此便公认徒弟出师了。苗族打歌一般喜事队形围成圆圈,忧事成二排(男前女后各一排),其动作抬腿、转身幅度很大,男的特别突出,显得既有力量又缠绵优美。紫微村苗族打歌主要

有七路即:甩脚甩手来打歌、合脚歌、前三步后三步、穿花舞、满翻满转和半翻半转、箐鸡摆尾、苍蝇搓脚等。

　　紫微村苗族的传统节日是朝花山,每年初一至初五,他们男的要着黑布包头,镶有各种图案的绣花衣衫和对襟褂子,腰上系黑色或白色腰带,腰后彩色飘带,用三角彩色围腰系住往上揣,围腰上系有响铃和各种珠子为饰。女人则要用二丈黑布在篾圈上绕成圆形包头,外有一圈绣花围边,上饰贝壳及一串串各种颜色的小珠子,上身着对襟花领上衣和褂子,衣袖绣有各种图案,下装有各种图案的大、小围裙,白腰带,小腿裹黑布绑腿,集中到初一山上进行吹芦笙、打歌、对调、赛弩等。

　　紫微村苗族世世代代耕耘着这片神奇而古老的土地,创造了光辉灿烂的民族文化,而多彩多姿的苗族服饰就是其历史文化的一种主要表现形式,他们从种麻、剥麻、结麻、纺线、煮线、解线、牵线到织布,都有严格的加工程序,便用他们自制的麻布制作出绚丽多姿的服装,白苗系统服饰干净利索,清新素雅。其上装前开襟,无纽扣,后领缀一方巾。下装白色短褶裙。系围腰,束腰带,裹护腿,戴盘状或桶状头帕。衣领、衣袖、方巾、围腰、护腿等部位镶有绣花、扎花或印花布条。花苗系统服饰色泽艳丽,做工精细,成本高,特别适合做各种集会、集市、节日及社交场合的盛装。其上装右开襟,布纽扣。下装蜡染百褶花裙。系围腰,束腰带,裹护腿,戴盘状头帕。衣领、衣袖、帕带、围腰、腰带、护腿、裙脚等部位镶有精美绣花。相比之下,男性服饰上装为对襟长袖麻布衣,外罩短褂。下装长裤。戴头帕,裹护腿。苗族服饰区别于其他民族服饰的显著特点是用色大胆,大红大绿,鲜艳亮丽。图案充盈对称,且点蜡和绣花均不用描图打底。图案以几何写实为主,花鸟人物写意极少,据说,制作完成一套苗族服饰需要花一年时间,其工艺价值可想而知。随着社会历史的变迁,紫微村苗族服饰也发生了一些变革。首先在质地上,苗族服饰已由原来的麻布改为混纺布、化纤布;其次在式样上,一套服装往往综合了各个系统的长处而组成一个完美的结合体;再次是工艺上,很多部件已由手工蜡染发展为机印,由手工刺绣改进为机绣。苗族服饰艺术是苗族人民智慧的结晶,它体现了苗族人民多彩多姿的精神风貌,是苗族人民对中华民族历史文化的重大贡献。

紫微村苗族住丫杈草房,盖房忌用凿子斧头,近年来此俗大改,学汉族盖三隔出厦楼房。特别是国家实施茅草房改造工程后,紫微村的苗族几乎每家盖了一间,屋内分中堂、卧室、厨房。但无论走进那户人家,他们的正房都不进行装修隔间,在中格都树一棵直顶大梁的丫岔,叫作银杖或升天树,堂屋正墙上设有神龛,专门用来烧香祭祀。过去,老小在火塘旁依次睡地铺,现开始搭床板,老少分居。食物主要靠在箐边旱地上种植苞谷、荞麦和豆类。经济作物主要种植麻、茶叶、草烟等,近年来开始试种三七、天麻等药材,初有效果。所使用的生产工具有犁、锄头、砍刀、镰,耕作方法粗放,耕地虽多已固定,但部分土地仍是"刀耕火种",轮歇丢荒。喜好打猎、射弩,主要是下野鸡、打麂子,猎具主要有弩子、火抢。

紫微村苗族是个体小家庭,一夫一妻制,一个家庭包括两三代成员,男性长者为家长,父母年老由幼子供养。其婚姻在新中国成立前和二十世纪五十年代基本上是父母包办,说一句话就算数,近亲结婚较多,基本上不与外族通婚。如父母不许,则女随男奔,然后请媒人告父母。现在与外族通婚也不多。结婚后男不远出,女不接触外人。他们信仰自然宗教和原始拜物教,对自然和许多精灵进行崇拜,敬天地,祭祖先,信万物有灵。但无庙宇,无僧侣,无专门的宗教组织。族人死后一般实行木棺土葬,葬时有垒坟墓的和不垒坟墓的,尸体用水洗涤,然后用麻布包好,放在屋内供亲友吊唁,出葬前三天要为死者吹芦笙、击牛皮鼓、唱丧歌、跳舞。每死一人要举行一次超荐,做一次斋,都由后辈为死去的前辈超度亡灵。

芦笙是紫微村苗族最喜欢吹奏的一种乐器。当地苗语称作"梗"(Geng)。芦笙历史悠久据《黔书》云:"每岁孟春,苗之男女相率跳月,男吹笙于前以为导,女振铃以应之,联袂把臂,宛转盘旋,各有行列。"芦

笙由苗族迁徙至凤庆而带入，因此仅苗族使用芦笙，情况与《黔书》所记大体相同。芦笙多用于结婚、人死等事中伴奏"打歌"以及祭祀时吹奏专门乐曲指挥做祭活动，少数时间用于自娱也吹奏些民歌小调。紫微村苗族芦笙音质纯净明亮、柔和圆润。学吹芦笙靠师父传授，有"男不学吹笙不灵，女不学织衣不行"的美传。男子一般在少年时便开始拜师学吹芦笙。学习方法：师父教吹一句，徒弟学吹一句，直到记得为止。喜调可在家里学，丧调只能在家外学。学吹时间大都在早晚，约三年方可学成。拜师学吹芦笙不交学费，平时去学时带些糖、酒、茶等物。学成后，拿苗服一套，酒、烟、茶、肉不等，拜谢师父即可。

紫微村苗族艺人吹奏的芦笙乐曲，大部分是"打歌"调和"做祭"（丧祭）曲调，极少部分是民歌小调。民间艺人吹奏的芦笙乐曲，常用打音、指颤音、和音等技巧，乐曲大都浑厚、饱满，具有浓郁的地方特点。具有代表性的艺人和曲目有：熊光亮吹奏的幽事祭舞乐曲《幽调》，在吹奏技法上他用快速跳跃的指颤音，强劲有力的重音、两个音组成的和音、三个音组成的和音等技巧，使旋律欢快跳跃，浑厚壮实，轻重鲜明，生活特点较为浓厚。

塞箫是紫微村苗族民间流传的一种吹管乐器。苗族男青年多用于向女青年求爱时吹奏乐曲，以表达爱慕之情；也用于平时吹奏山歌、小调或"打歌"伴奏。紫微村苗族民间艺人吹奏的塞箫乐曲，一类是"打歌"调；一类是山歌小调。吹奏时常用单吐音、上波音、打音、叠音、颤音等技巧。吹奏的乐曲高亢嘹亮，悠扬婉转，动听感人。

酒是苗家的醇，饭是苗家的香。作为苗族酒文化典范的沃沱罗酒，是一种具有百年历史的老酒，它在苗族人民的心目中，早已是刻骨铭心了。千百年来，在苗族的生活中，苗族沃沱罗酒一直散发着它那十分迷人的魅力，为苗族人民的生活增添了至关重要的情趣。百年的历史，百年的文化，百年苗族人民的血与泪，都无不与沃沱罗酒息息相关，而沃沱罗酒也是苗族历史发展的唯一的最忠实的见证人。如今，在苗族人民的生活中，酒已是一种不可缺少的东西。从家中的每日三餐到办喜事、丧事，乃至大型的民族节日活动，喝酒是人们要做的第一件事。客人来了以美酒相待，是一种神圣而不可改变的待客礼节。你如果来到了苗寨，那里的苗族人民定要拿出自家亲自酿制的沃沱罗酒来款待你，是一种多么光荣的事，他们一定能给你一个至深至感的记忆。而沃沱罗酒那种清爽、醇香、凝重的口感，更是苗族人民性格的真实写照。

　　紫微村苗族婚俗丰富多彩，苗族青年男女恋爱，最重情义，彼此有了较深的了解后，才可赠物为凭。并有订婚、过礼、结婚、回门等程序。请媒说亲，叫"讨口风"，到女家央求次数越多越好，叫作"亲要多多求为贵"，吃了"放心酒"，才算正式订婚，再选择吉日向女家送礼，叫"送亲酒"。娶亲时，队伍到女家要行"开门礼"，赛放鞭炮。吃罢饭后，在寅、卯时刻发亲。苗家闺女出嫁那天，四邻姐妹们纷纷聚集赶来，高唱苗歌，抒发昔日友谊，离别深情。"对歌丢铃"结良缘、月老踩亲架鹊桥、伴着歌声渡银河等都是苗族婚俗的真实写照。

采撷乡间的劳动

播种

　　几千年一致的姿势依然亲切，每一块泥土的鳞片和耕耘的犁声，都是一种灵性的语言。时间筛选的种子，在这个农忙时节正身价倍增。

第一辑 抚摸乡村

荷一把锄头，锄动一节一节的希望，种子的小手，才会在发芽的季节里叩开命运的门窗。

谁能说清一粒种子可以延续多少粒种子？

谁能说清一次种子的萌动可以点燃多少生命的萌动？

播种。时空里最立体的哲学，美丽的舞姿锁定多少人诗意的期待？

泥香是坛醇醇的爱。懂得播种懂得耕作便牢牢握住了秋天。

支点是劳动，苦咸的汗水一点一滴地平仄了禾苗的茁壮。谁与播种亲近，谁与播种为伍，谁便是一个纯正的乡土诗人，抄袭播种的诗句，总是在收获的季节产量陡增，然后深入农人的皮肤农人的血脉，再被真理的春风传送得很远。

尽管播种的线条过于简单，可一层一层的犁浪，标示的是一次与一次不同的定义，农具与泥土联姻的信念和骨气，让我们紧跟季节前奔走的耕牛，疏松板结的心田，播种一片生机，让每一个脚印都有耐人寻味的种子律动，让每一条地脉都有一千只慧眼瞩望未来，放牧春光。

锄禾

午后的阳光很重，天空依旧没有一丝风，大颗大颗的汗水，沿着青青的禾苗渗入地层的脉络，闪烁着劳动铜质的光芒。

直面锄禾的人，我该以什么样的姿势禅悟那首把躬耕定格成永恒的古诗？多少年了，那个黄金的姿势，一直与禾苗与泥土长成不死的公式，换取大摞大摞的丰收，生动农业长势的全部经历。

日子被太阳吞吃得正香，只有锄禾的人才能阐述一顶草帽支撑起一个太阳的一千条理由，只有锄禾的人才知道禾苗和粮仓之间没有距离的一万条理由。

站在农事的根部，有谁知道锄禾真的是锄禾那么简单么？

其实，谁都知道夸夸其谈除不去田野的杂草，蹉跎岁月结不出果实的哲理，雪亮的农谚里，只要锄走龙蛇，即使隔着季节的栅栏亦能抓到沉甸甸的谷粒。

五千年的传统并不太老！

驻足都市的风景，移植乡间的劳动，所有锄禾的精神，依然具有很现实的意义。

悟透那滴《锄禾》古诗里滴下的汗水，饭香的滋味，才会离我们最近。

秋收

说着说着，秋天就从稻麦的肤色上走来了，田野的情节很舒张，经不起阳光拍打的稻穗，此刻以献身的姿势安详地低着脑袋，推算着谁将是今秋灿烂的新娘，演算着谁将是今秋黄袍加身的王。

在这个季节，镰刀的杀机格外的生动，闪闪的寒光伸着长长的舌头把稻香细细品尝。

粮仓跟在丰收的身后，金黄的谷粒大批大批踩着农人厚厚的双肩抖擞着精神涌向四面八方。

摄人心魄的秋收啊，一方有限的土地里无限的喜悦，周而复始地穿行于手茧与手茧之间，这是农民一生一世的作品，一切的期望，就在这个季节里兑现，所有精美的谎言，都在这个季节被揭露并被抛弃。

成熟是种说不出的痛。稻米的情话，并不是所有的人都能听懂，关键的，是你注重劳动的每个细节了吗？有些规律很重要，收获与否，都与我们劳动的态度有关。流失的是年华，在握的是时间，只要我们都长成一株成熟的庄稼，谁还会在秋收的时节里歉收。

朗读流水

　　岁月隆隆碾过，滔滔的流水漫山遍野地奔走，不舍昼夜。以青山为主题，以卵石为伙伴，用无形的腰肢，撰写一首千回百转或尽泻千里的长诗。

　　朗读流水，须读懂流水的声音。这些在河床里跑动的生灵呵，从云诡雾谲的深山峡谷出发，披一身彩霞，吹一曲唢呐，把两岸的景物唱成一个披红挂绿的新娘。一山一个回眸，一湾一个道白，一程一个旋律，高高低低地爬上石壁，叮叮咚咚地呼唤温情，成群结队地把清亮的嗓音涂满天空，坠弯树枝。这些水质的声音，极易使我们想起很乡土的南腔北调，轻歌漫吟的唐诗宋词元曲以及一个个楚楚动人的古典女人。翻滚的流水声，如琵琶女的低泣，孟姜女的哀号以及梁兄的幽幽浅唱，喜笑颜开或泪流满面地牵动两岸的民俗，升华两岸的风情。

　　朗读流水，需读懂流水的身心。流水是很嫩的，以至于轻轻一碰它就会哗啦有声，波纹涟漪，甚至遇到河湾就回还而过，遇到山石就白花飞跃，粉身碎骨，款款地剥开一座又一座的青山，浇灌菜地，心平气和地流进每个人的心窝。流水是很硬的，随便你怎么分割，都无法使它失去内涵的实在。其实，谁不知道"抽刀断水水更流"的哲理呢？在经典的岁月里，流水永远沿着柳暗花明的前途，扬鞭疾马地追赶时光，追赶一种浑圆的方向。炊烟袅袅的地方，那只是流水旅途的一个驿站，果实累累的地方，那只是流水情感的一个摇篮，流水的本质注定了流水是一个十足的游子，它无法报答青山对它的鞭策和执着,它无法还清青山给予的一片亲情,它唯有奔腾不息,心中才会得到一丝安慰。然而,它仍然忘不了山,山是它土生土长的地方;它忘不了树,树是它茫茫旅途中的加油站;它忘不了村,村是它才华横溢的地方。村亦是流水生命中最动人的一个章节,许多繁茂的青草,灿烂的花枝以及丰收的喜悦就跌落在这两岸。然而许多人却忽视了流水与人类的亲情,他们毫无节制地将青山伐光,火焚流水的家园,将尘土碎石倒入河道,将"三废"排入流水的胸膛,将流水的家族戳得残肢断臂,将土壤沙化得惨不忍睹……于是,流水发怒了,它如野兽般的泛滥成山洪,撕碎河岸,卷走农田,冲走房屋、扯断桥梁线路,咬牙切齿地报复虐待它的人们。于是,人们才深深悟出"水能载舟也能覆舟"的哲理。其实,流水本来就是一部厚重的谚语和真理。

朗读流水,荒山的冷峻,鱼类的灭绝,水土的流失,淡水的紧缺,依然重重压在每个人的肩上,如鞭子般狠狠地抽打着人们……

花之蹁跹

花,那翩翩的舞姿,美丽过秦砖汉瓦,美丽过楚河汉界,美丽过唐诗宋词元曲,一直袅袅而至我的眼前,撞痛我烦躁与不安的神经,陶冶我的性情,提升我的灵魂与品格,让我咏唱一支花之蹁跹的长歌。

我生活在"天然花园"之称的云南,一千五百多种花卉把云南装扮成了一个花的世界。那国色天香的牡丹,四时披秀的月季,祥和秀丽的山

茶,直柱耸立的柱顶红,玲珑悬挂的吊钟花,绛唇翠秀的美人蕉,形神惟肖的鸡冠花……一朵就是一种艺术,一片就是一方风景,花的姿容风韵,花的蓬勃生机,简直就是世界所有美的化身。

花是美的缩影,更是一种无声的语言。面对困难,花从不长吁短叹,面对挫折,花从不怨天尤人,它只默默地向着花季靠近,默默地负着使命前行。上溯三千年,写于夏商时代的《夏小正》中有这样的记载:"菊荣,树麦之急也。"即菊花开花时正值小麦播种期,于是,古人就用菊花的物候现象,无声的传递月令、气候变化的规律。《周礼》中亦有"鸿雁来宾,鞠有黄华"的记载。如今花的无声语言被赋予了更多的人文内涵——红玫瑰、勿忘我可以把爱情无声地暗示,康乃馨能把亲情默默地表白,一盆兰花或一株满天星足能把友情传递……千百年来,先贤们用"出淤泥而不染,濯清涟而不妖"的荷花、"宁肯抱香枝头老,不随黄叶舞秋风"的菊花、"俏也不争春,只把春来抱"的梅花、"金英翠萼带春寒,黄色花中有几般"的迎春花、"桂子月中落,天香云外飘"的桂花……无声地传递给我们一个又一个的做人哲理,花的品质无声地陶冶着无数志士仁人热爱自然、热爱祖国、洁身自守的高尚情操。在昆明世博园,花朵组成的花海,不仅陶醉了国际游人,还把如花的云南如花的中国传到了世界各地,深深印进了每个人的心窝。

花亦是一个无私的奉献者。在深山峡谷,兰花把幽香奉献给了大地,在一马平川的高原,藏红花把火一样的热情奉献给了一代代英雄的牧民。严寒中,梅花不畏寒冷,身先群芳,把自己的芳华奉献在了最惨白的日子之中,以风而歌,伴雪而舞,真可谓"北风号夜天雨霜,屋头梅花晨洗妆"。酷暑里,荷花"晓开一朵烟波上,是画真妃出浴时",把他自己清丽的风姿,高洁的性格,恬静自若地奉献在了骄阳之下,诗人屈原曾在《离骚》中赞叹:"制芰荷以为衣兮,集芙蓉以为裳。"在秋天,"嘉树团团俯可攀,压枝秋实渐灿斑,朱栏碧瓦清霜晓,灿烂繁星绿叶间"的金橘,把婆娑的树枝,洁白清香的花色,光灿悦目的果实,奉献给无数人们;"风流不肯逐风光,削玉团酥素淡妆,疑上仙人天上至,毗邻一夜满城香"的茉莉花,把浓香奉献给了社会,给人们提供了无数的产品。在春天,百花竞相怒放,奉献各自的风采,让一幅幅春之图画,尽留人间。在澜沧江畔,有一种苦竹,苦竹在平时只展示自己翠绿,并不开放花朵,然而,每当苦竹活到一定年岁,在油尽灯枯之际,苦竹念念不忘的依然是自己奉献的使命,它煎熬着自己孱弱的身躯,艰难地开放出一串串淡黄色的小花,把自己的最后一点光芒,无私地奉献给了自然,把自己的美,无私地奉献给了社会。在我们云南,花的奉献精神是说不尽道不完的:人们用木棉花入餐,用马芦花腌制咸菜,用杧果花做凉食,用百合花润肺止咳,用金银花清凉解毒,用鸡冠花活血,用槐花饭补中益气。喜庆的时候,人们用花增添欢乐气氛,哀悼的时候,人们用花解脱愁苦悲思;在乡村,人们用花来打扮家园;在都市,人们用花不整容环境……

花的美好总是与花的艰辛伴随,尽管我无法考证地球上花朵最先出现在什么年代,但我却知道一朵花从一株幼苗长到花开时节的艰难历程——一朵花,它只有经历过风吹雨淋,露浇日晒,不断地吸日月之精华,天地之灵气,才能在花季里开放出自己的花朵,才能在花的舞台上实现自己的价值。有的花朵,为了把最美的姿态展露在天地之间,它们要修炼几年甚至几十年的时间,日日呼吸空气,月月沐浴阳光,年年更新营养,岁岁锤炼内功,最后才璀璨在花丛之中。

于是,在现实的生活里,人们才有了"人生如花"的慨叹。人生是花,花用气息打动别人,花用秘密装饰自己,它只有让人有剥不完的层层花瓣,让人有看不清最终的内核,才会有人愿听那剥落花瓣的声音,才会有人欣赏那血色的流动。一个人,只有像花一样,为着自己的理想信念,为着自己的将来不断地刻苦求学,不断地吸收新知,收储好足够的水分、养料和空气,才能在人生的舞台上放射出美的光芒,不管这花是有名的还是

第一辑 抚摸乡村

无名的，只要它是我们心韵的本色，自然就会有它人生的价值。

　　一个社会、一个组织、一个政党，只有像花朵一样，人人都讲奉献，比学习，展才华，它才能盛开出一片花的海洋，在三百六十五个日子里，它才能呈现出不同的丰韵，不同的色彩，不同的进步，永远具有美不胜收的韵味。那色彩缤纷的群体，绝不是人工的赶春闹市，也不是急功近利的刻意布施，而是通过一个个纯洁而热情的恭奉，通过一个个个体价值的升华，才自然脱颖而出的风景。否则，社会就会萧条，组织就会涣散，政党就没有了吸引力。

　　一个国家，一个民族，只有像花朵一样，抱着一个不言失败的信念，不断地实施改革，图腾富民强国的诗行，用美丽装饰自己的枝头，用生机灿然自己的花地，用炽热的眸子洞察世界，用浓烈的豪情在天地间撒播出一片似锦繁花，让自己的花坛四季有开不败的花朵，岁岁有美丽的震颤，那面"盛世如花"的彩旗，才会高高飘扬在世界的高地。

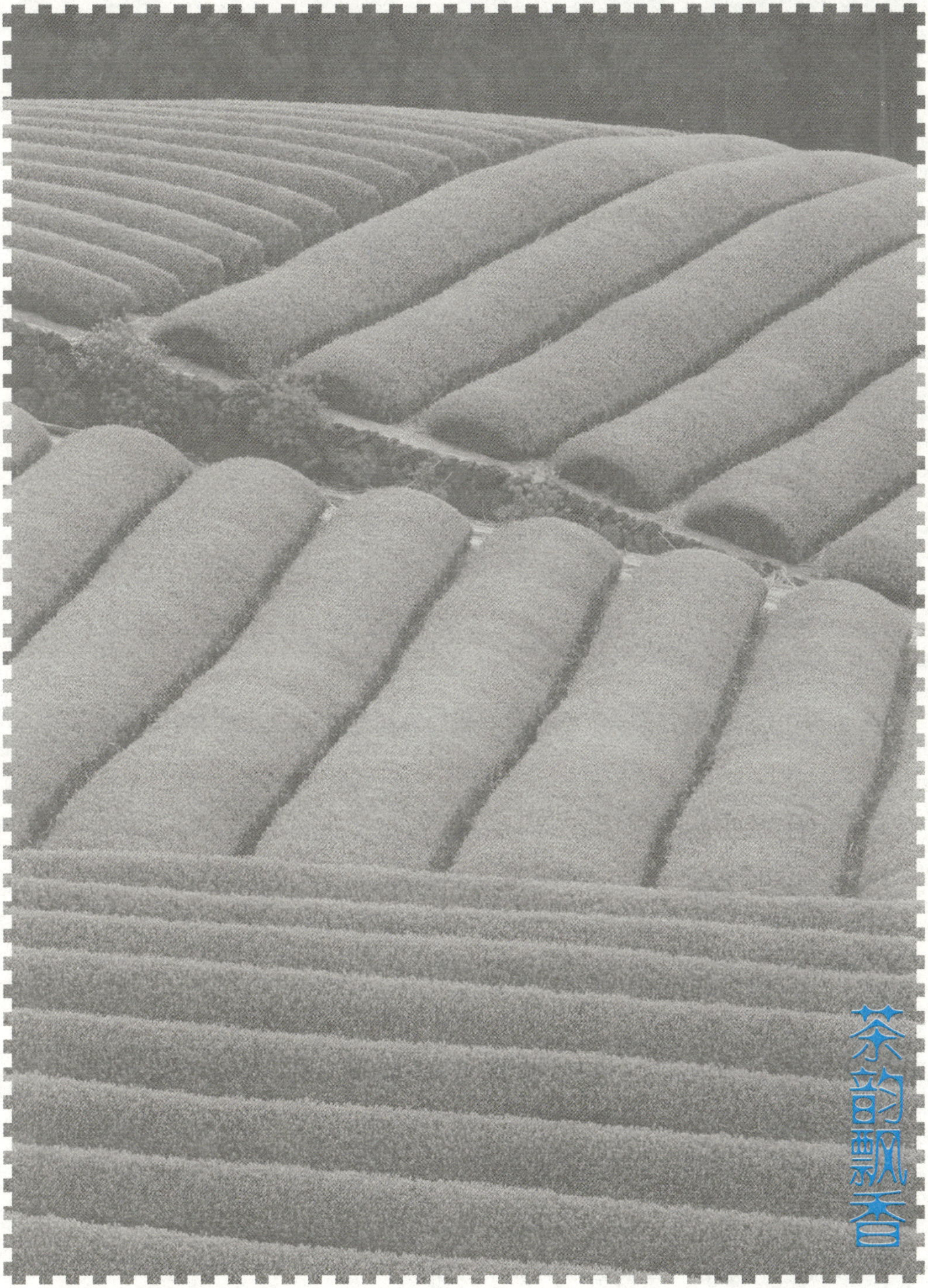

第二辑

茶韵飘香

鲁史古镇 滇西茶马古道水墨画卷

有人说,这里是马帮驮出的第一要塞。

有人说,这里是滇西茶马古道上的"小上海"。

而我却固执地认为,这里是滇西茶马古道上一幅风光旖旎的水墨画卷。

翻开地图,从凤庆县出发,北行八十四公里,就可以到达云南省凤庆县鲁史古镇。

远山如黛,沧江东流。古镇远观粉墙黑瓦,近睹人流如梭;俯视街巷悠悠,仰望飞檐翘首……鲁史古镇,犹如一幅淡淡的水墨画,在滇西茶马古道静静地舒展。

鲁史,原称阿鲁司,东西长八百米,南北宽五百三十八米,总面积四十三万平方米,因其所处地理位置特殊的缘故,曾一度成为滇西茶马古道的咽喉重镇,被誉为"茶马古道第一镇"。

鲁史古驿道形成于一三〇二年,是内地通往边境的通道,北入昆明,南经顺宁(今凤庆县)、镇康出缅甸,进入东南亚国家。唐宋时是南方丝绸之路的一条马帮运输线,清朝民国时为茶马古道。茶马古道主要分南、北两条线,一条是从云南西双版纳—思茅—临沧—保山—大理—丽江—迪庆到四川及西藏再进入尼泊尔、锡金、不丹印度、阿富汗等国;再一条是四川雅安—康定—昌都左贡同云南之道相汇。

这两条线是茶马古道的主要干线,其实,茶马古道还包括了若干支线。当时,从凤庆到昆明一共有十八个马站,在凤庆有顺宁站、大寺站,鲁史的金马站、鲁史街站和犀牛站。每个马站间大约三十华里,正好是马帮一天的行程。在凤庆境内的这段茶马古道上,最为繁荣是鲁史镇和凤庆城。

　　鲁史古镇居于澜沧江和黑惠江之间,东南北三面环山,因地理位置险要,南来北往的行人在此定居,随后就形成小镇和古驿道上的一处重要驿站。

　　随着世界第一高的双曲拱坝小湾电站的蓄水发电,青龙桥已经拆除,到达鲁史古镇已经无法再走青龙桥—骡马菱坡—金马—鲁史这条线了。如今,从凤庆县出发,经大寺,跨亚洲第一高的新漭街渡大桥,过永新,便可以到达鲁史镇。一路上,小湾电站库区的百里长湖烟波浩渺,遍路都是深深浅浅的绿,墨绿的是老茶树,嫩绿的是田地禾苗,翡色的是竹子……前往鲁史的一路上都是如诗如画的风景。

　　不过最神奇的还是山中时不时腾起的白雾,一阵阵或高或低地轻笼在山顶山腰山谷处,随着山风如影随形地在山上飘来移去,清晰时可以看见雾气翻腾,浑浊时连眉毛都缠绕雾气,似有无数精灵在其中轻盈曼舞。而车子就在其间穿来插去,时而眼前白茫茫一片,时而眼前豁然开朗看到雾气缠绵在脚边。最好看的还是从无雾的山顶看下面有雾的山谷,只见不断蒸腾而起的白雾冒起、蔓延,犹如恬淡的山水画,据说,世界闻名的普洱茶就生长在这样山清水秀的山谷。

　　有人说,鲁史古镇的人们是最具有人文的,他们还停留在古时纯真务实的年代里。无论是街边沧桑的老房子、回荡着古刹钟声的魁星楼、黛瓦砖墙的古戏楼,所到之处,历史无不在这里积淀、升华、延续,千年不变。

　　六百多年的岁月说走就走了,南来北往的马帮把丝绸、百货、布匹、盐巴以及中原文化撒播到鲁史,把鲁史的茶叶、药材以及民风民俗遥遥传

播,多少商人与马帮结伴而行,多少文人墨客感受过古道之艰难,他们或在此驻足观光,或开设商号,无数有名的、无名的店铺构成了鲁史最基础的元素,日复一日,年复一年,这些店铺和匆匆的过客在鲁史的各个角落静静地讲述着关于马帮神奇的故事,鲁史成为"小上海"那是无可厚非的事实。

关于鲁史古镇,《徐霞客游记》有这样的记载:"蹑冈头,有百家倚冈而居,是为阿禄司……是夜为中秋,余先从顺宁买胡饼一圆,怀之为看月具,而月为云掩,竟卧。"文中的"阿禄司",是当时的土著民族流传口语,也就是现在的鲁史镇。一六九三年农历八月初六,大旅行家徐霞客从保山市昌宁县进入凤庆县境,于八月十四从顺宁(今凤庆县)出发,与前往下关的马帮一道走上了茶马古道,八月十五,徐霞客与马帮一起乘竹筏渡过澜沧江,翻越骡马萎坡,到达鲁史,是夜,徐霞客站在长长的楼梯街口,记下了鲁史浓墨重彩的一笔。而徐霞客从鲁史到蒙化(今巍山)途中见到"蟒璞灵岩"时,更有这样的记载:"忽涧北一崖中悬,南向特立,如独秀之状,有僧隐庵结飞阁三重倚之。阁乃新构者,下层之后,有片峰中耸,与后崖夹立,中分一线,而中层即覆之;峰尖透出吐烟云,实为胜地。"由此看来,鲁史与徐霞客的渊源还颇深。

鲁史虽小,却历来不缺少传奇,一九二七年,著名作家艾芜南行,就是与马帮结伴,经过云南驿、鲁史、保山等地到达缅甸。抗日战争期间,鲁史至顺宁驿道成为抗战军需物资的重要供给线。

古往今来,鲁史的名人与鲁史一样璀璨夺目,龚彝年轻时曾在"蟒璞灵岩"的小楼上刻苦攻读,永历三年四月,官至户部尚书。被朱德题为"护国之神"、孙中山题为"砥柱南天"的赵又新将军,乡土水利专家陈大宣,清末文生毛健,他们都是在鲁史文化的熏陶下,成为显赫一时的风云人物。

当然,最能承载岁月分量的是古镇的建筑。老街有多老,没有人晓得,从长辈口中相传的点滴信息，也无法拼合成一个完整的故事。古镇内的民宅建筑主要是效仿北方的四合院和江浙风格的三合院为主，三米多宽的青石古道，由东向西把古镇一分为二。鲁史古镇分为"三街、七巷、一广场"，三街为"上平街、下平街、楼梯街"，暗喻天、地、人和。七巷为曾家巷、黄家巷、十字巷、骆家巷、魁阁巷、董家巷、杨家巷，暗喻七星朝斗。一广场又称"四方街"，南北长五十二米，东西宽二十米，可以容纳三千人左右，历史上逢年过节、讨亲婚嫁，都会请戏班在四方街古戏楼搭台唱戏，非常热闹。

走进鲁史镇，站在鲁史完小教学楼楼顶，鲁史古镇全貌一目了然，黛色的瓦、飞翘的圆角，像是许多圆头鲤鱼聚在一起。

沿着长长的楼梯街走下去，便可以到达古镇的中心四方街。青石铺就的楼梯街又长又陡，南北走向，长二百六十六米，宽四米，是滇西茶马古道的过境段，也是古镇最有特色的街道。在微雨时节，铺路的青石滑溜溜的，一半是因为湿，一半是因为它的光滑。每块青石都被磨得棱角全无，透亮得甚至可以映出人影，上面还时不时有小小如碗般的凹处，储满了雨水，倒映着天光檐影。这些凹处，就是千百年来马帮经过时留下的蹄印。即使到现在，鲁史也随处可见卖马掌、马鞍等驴马用具的铺子，人们依旧用驴马驮着货物悠悠地走在路上，一如他们的祖辈一般。

"没有人不会被这里独特秀丽的古建筑和旖旎的自然风光而陶醉，甚至流连忘返。"到过鲁史的人都这么说。

白墙，格窗，拱门，飞檐。一条条老街，一节节青石，一道道深深浅浅的马蹄印，每一个走进鲁史的人，都会被鲁史所折服，多少年已悄然走过，而今，她们依然在诉说着当年栩栩如生的岁月。

黄昏，在小巷里徜徉，肯定会觉得时间已经凝固，只有风尘让这里染就了一身的淡墨。千年前就安然在这里的古镇，除了那曾经川动的人流、带着赤橙黄绿青蓝紫外，老街似乎永远是一种底色，那是国画大师的杰作

第二辑 茶韵飘香

呵,淡墨和浓青,让古镇鲁史如此古朴、凝重和厚重。

看那两旁树立的木质结构层楼,风蚀了她的青春,显现出无尽的岁月沧桑,墨色里透露出古镇的浓浓底蕴。拐过一街口,推开一扇虚掩的门,哦,庭院深深的,一进、两进、三进,从街中心穿过,可一直至街后的阁楼。这些老宅,堂屋宽敞,天井、天窗洞开,木楼梯、木地板、木套床,古色古香。不管你留意不留意,你都可见石雕、木雕和砖雕在这里抢着你的眼球。

在老街深处的一角,有一处门前依然是窄窄的小巷口,只见拱形的门脸旁刻写着"骆英才大院"字样。大院属典型的走马转阁四合院,建筑面积六百九十二平方米,木质的门窗雕梁画凤,工艺十分精美。院子的主人是川人骆英才,他跟随父亲从老远的地方来到了鲁史,只住了一夜,便被鲁史适宜种茶的环境所吸引,从此,骆英才成了鲁史第一个人工种茶的茶人,先后开挖种植发展茶园四百多亩,并在离街子约三公里的地方开,骆英才办了第一个集种植、加工、销售为一体的"俊得昌"号茶叶庄园,长期从事茶叶的精制和贸易,当时,由骆英才带领茶民研制的"明前春尖"和"雨露谷花"两个茶叶品种曾成为民国时期云南茶叶的极品,随着南来北往的马帮传遍云南甚至邻国。

"半为山村半为市,可作农舍可作商。"小镇就这样年复一年的迎来送往着一队队马帮,茶马古道的繁忙亦月复一月维系着小镇勃勃的生机。如今,夜宿小镇,大清早你就会被相闻的鸡犬声催起。老街热闹起来,"吱呀"的开门声此起彼伏。生意人缓缓卸下那一块块高高的门板,伸个懒腰、打个哈欠后,在不远处油炸点心的青烟和香味中,琳琅满目的小商品摆放出来了。布匹、酱菜、铁锹、水瓢……早市的生意自然兴隆,老板笑呵呵忙活着,这是小镇一天的序曲。偶尔也能看见挂着铃铛的马匹,驮着柴火煤炭从街心穿过,重蹈着古巷石板路上岁月留下的马蹄印记。

其实,鲁史四合院的建筑是很讲究风水的,从择地、定位到确定每幢建筑的具体尺度,都要按风水理论来进行。四合院的装修、雕饰、彩绘也处处体现着民俗民风和传统文化,表现一定历史条件下人们对幸福、美好、富裕、吉祥的追求。以蝙蝠、寿字组成的图案,寓意"福寿双全",以花瓶内安插月季花的图案寓意"四季平安"。而嵌于门管、门头上的吉辞祥语,附在檐柱上的抱柱楹联,以及悬挂在室内的书画佳作,更是集先贤哲句,辑古今佳作,有的颂山川俊秀,有的铭处世之学,有的抒情咏志,风雅备至,处处充满浓郁的文化气息。

"村井春啼鸟,人烟午唱鸡。""含笑看人生,平心尝世味。"这是鲁史人家常贴的对联,走过千年的鲁史一直是这样,定居在这里的鲁史人也是这样,无论你何时走进她,她都在为你敞开自己水墨般的画卷。

最能挽得住游人脚步的是鲁史的独特美食,鲁史古镇是中原文化向边远地域渗透的必经之地,丰富的特色小吃数不胜数,既有川味的麻辣,也有广味的香甜,更有腊火腿、豆腐肠、猪泡肝等美味佳肴。

酸浆水点的豆腐是鲁史一绝。将白豆腐切成一厘米见方的丁儿,在阳光下暴晒,制成的酱豆腐是远近闻名的食品,清香源自没有污染的本地自产的黄豆与香料,盛在瓦罐里,连罐一起称卖,每市斤可卖到二十多元钱,是当地猪肉的三四倍价。当然,鲁史的酱豆腐不仅吃起来香,放的时间也长,时间越长香味越醇,一坛陈年的酱豆腐甚至可以换一台电视机。

豆腐汤是家常汤菜,家家户户都会做豆腐,营养丰富的豆制品变着戏法一样的厨艺走上餐桌,一些地道的本土厨师,仅用一个豆腐就可以做一桌丰富的菜肴。据《凤庆县志》记载,鲁史制作豆腐已有六百多年的历史,真可谓是历史悠久了,千百年来,"戎菽来南山,清漪浣浮埃。转身一旋磨,流膏即入盆。大釜气浮浮,小眼汤洄洄。霍霍磨昆吾,白玉大片裁。烹煎适我口,不畏老齿摧。"这便是制作鲁史豆腐的真实写照。

逢年过节,鲁史人都要做豆腐,做好的豆腐是赠送远亲招待客人的上好礼品。闲时,不管男女老少,鲁史人喜欢带上家人、邀上亲朋到豆腐摊上小坐。咬一口豆腐,品一口春尖茶,其中滋味,不可言传。山里来的彝

家汉子,卖掉手里的山货,相邀到豆腐摊上,一碟豆腐,一杯老白干,就能让他们活得比神仙还快乐。

鲁史豆腐声名远播,它的胜处在于取材于境内特有的酸浆水作凝固剂,酸水含有丰富的物质,豆子选当年本地产。而我认为,真正的好料是那做菜人信仰的心灵,画家用画笔呈情于人,情人用眼眸承情于人,文人用文字陈情于人,这做豆腐的师傅对顾客是以山水般的心契与领会,使顾客吃到的明明是豆腐做成的菜肴,实际上我们吃到的是一份心情,每一道菜都有一种新鲜的感动。

在鲁史,不管是在嘈杂的集贸市场,还是在街头巷尾,你随处可以看到手拿蒲扇、用木炭火精心烤制豆腐的街边小吃。

俗话说"心急吃不了热豆腐",鲁史人烤豆腐特别讲究,用来烤食的豆腐,要用新鲜豆腐发酵两至三天,再用木炭文火慢慢翻烤。这样烤出来的豆腐皮黄而不焦,豆腐膨胀如馒头,掰开来看,熟透的豆腐气孔如麻,清香四溢。再配上精心调制的作料,保准让你胃口大开,真可谓是"眉柳叶,面和气,手摇火扇做经纪,婷婷炕前立。酒一提,酱一碟,馥郁馨香沁心脾,回味涎欲滴"。

在鲁史品美食,从冷盆到热炒,从汤菜到煲羹,其"内容"无一不与豆腐相关。"豆腐干丝"切得细,拌得匀,黄白的干丝上配以碧绿生青的香菜,秀色可餐;"细料豆腐"菜色金黄,鸡脯余香,味道鲜美;"芙蓉豆腐"看似豆糕,豆腐洁白如芙蓉,色泽协调悦目,香菇与鲜菌留香,鲜香爽滑软嫩,尤胜荤制一筹;"八宝豆腐"红、白、黄、绿诸色相间,看上去就眼馋。荤素相济,入口清鲜滑嫩,醇香美味,清爽可口,美食美色,畅快淋漓;再尝尝"翡翠珍珠球",这道菜名取其形,一口咬下去,唇齿间有一种从漠然到豁然开朗的体验,味觉的矜持也在瞬间崩塌,余下无穷余味,这种感觉,也许在鲁史才独有;"麻婆豆腐"上来了,雪白的豆腐浸润在鲜红的油汤中,面上还有胡椒颗粒。用汤匙舀上,轻轻一吹,一尝,乖乖,只觉鲜美无比。

少顷，又觉嘴唇、舌头发麻。那用豆腐烹饪出来的各种佳肴看得人眼花缭乱，青花瓷盘装着胡椒酿豆腐，白瓷汤碗盛着黄葱豆腐汤，条盘里装着的是黄韭拌腐丝……有甜有辣，有甘有酸，如章似句，五彩纷呈，囊括了东西南北风情……假如人的一生只以饮食来做幸福的戒尺，那么山珍海味能给人的是美满，鸡鸭鱼肉能给人向往，那么一桌鲁史豆腐宴给予人的则是一种永远的怀念。

在鲁史，喜事都是要吃八大碗的，酥肉、红肉、炒骨、漂汤、糊皮、冻鱼、甜肉、泡肝样样俱全，吃八大碗的礼仪非常讲究，一张八仙桌，一桌最多八人，先从上席最左那人开始夹菜，能坐上席之人，自然是德高望重的长辈，上首之左为大，右次之，长辈先夹一点菜，然后第二人接着夹，大家才依次端碗逆时针轮流夹菜，一轮过后，全桌人的筷子才会七前八后伸向桌子最中间的菜碗夹菜吃，但绝没有抢夺和选择的迹象，挑到哪个就是哪个。

泡肝最具地方特色，在当地是一道特有的珍贵风味菜，只有年节和尊贵的客人到来时才能吃上这道菜。鲁史人家热情好客，憨厚淳朴。家里即使平时来了客人，也总会尽心尽力地热情招待。不像现在的城里商贩，即使去坐坐他家的凳子，也会要钱，否则请你离开，拒你于千里之外。假如你那天尝了鲁史地地道道的生态"八大碗"，准让你宛如桃花源中人，留恋不思返。

古往今来，鲁史古镇孕育了形式多样的鲁史文化，如今，鲜活的民俗、民间生产活动仍旧表现着鲁史文化的灵性，这对于鲁史人来说是最大的一笔财富了。

踏上归途，深刻心中的，不仅仅是那如画的水墨画，更多的，是鲁史人的灵气、古镇的悠久和小镇的悠悠柔情。

生日茶宴

"轻濯尘根心地润,餐中寻道寿长生。谁能识得杯中趣,寿齐南山不老松。"诗中赞美的就是滇西澜沧江畔凤庆县的生日茶宴。

在别的地方过生日,都是要高朋满座、花天酒地,把"寿星"视为上帝,捧为上座,点蜡烛,吃蛋糕,做寿辞,醉生梦死不知归处。而在世界著名"滇红之乡"凤庆,过生日却是煮茶饭、做茶肴、品茶饮,以茶独有的气质熏陶着凤庆人纤尘不染的品性。

生日吃茶宴形成于什么年代我们无从得知,从上了年纪的老人口中得到的点滴答案,始终无法拼凑成一个完整的故事。"茶是长命水",凤庆人都爱这么说,茶在凤庆人的心目中,历来都是与长生不老药联系在一起的。在凤庆县,有一株三千两百年的世界茶王之母,茶树高达十点六米,树冠南北十一点五米,东西十一点三米,基围五点八四米,堪称世界之最,虽历经数代沧桑,依然枝繁叶茂,生机盎然。二〇〇七年,用这棵古茶树茶叶制作的一个四百九十九克茶饼,在临沧普洱茶文化节上以四十万元的天价出售,相当于黄金价格的四倍,创下新茶拍卖的最高纪录。这只是凤庆野生茶群落中一棵较特殊一些的老茶树罢了,在凤庆县境内的澜沧江两岸高山密林,优良的凤庆大叶种茶遍布每一个村庄,茶是这些村庄最灿烂的风景。千百年来,古茶树伟岸的身姿傲立于澜沧江大峡谷中,穿越了三千两百年的历史,积蓄了三千两百年的能量,开启着生命无比的灵性。凤庆人都知道,古茶树是神,"摘一片能治百病,折一枝却能伤身",

因此,远近村子的茶农都不敢随便攀摘。"千年柏木,万年紫金杉,不如古茶一片叶!"他们摘来茶叶,要等过生日才饮用,祈盼一年四季身体少病无灾,更祈盼能像三千两百年的古茶一样永远长寿。

以前,凤庆生日茶宴都是给年纪上了花甲的老年人过的,宴席设在堂内,室内悬挂名人字画,摆设上新鲜花。冲茶的水要现烧,宴请前要生好炉子,宴请开始,邀客人上座,在客人座席前摆好瓜子、果品。在茶碗里放入茶叶,水沸后沏茶,有专人将茶恭恭敬敬放在每位客人面前。碗中水不能冲满,只半碗。这时主人起身敬茶,客人们便喝茶,喝茶有讲究,一杯为品,二杯为解渴,三杯则为饮驴了。如此三四次后再观茶色,闻茶香,以茶会友,以茶论经,达到平心静气,冰心释然的境界。人处在一种和谐、平和、宁静的意境当中,哪有不长寿之理?

如今,凤庆生日茶宴已经被赋予了更丰富的内涵,以茶入菜成了时尚的代名词,生日全茶宴成了凤庆老年人过生日的最高礼节。

饭叫作茶饭,顾名思义就是用茶水煮出来的饭,茶水煮饭,方法简单,取适量茶叶加水冲泡,待茶叶泡开后,滤去茶叶取汤煮饭即可,或者直接用袋装红茶与饭同煮。简简单单的几个步骤后,一碗碗泛着金红的茶饭就做成了,茶饭色泽鲜艳,茶叶的清香融入米饭的香甜,不仅色、香、味俱佳,而且具有诸多保健功能。茶饭不仅色泽明亮,圆润爽口,而且有去腻、洁口,化食和防治疾病的食疗的功能。

菜叫作茶菜,生日茶宴不仅饮茶,更要吃茶,每道菜肴、点心均含或茶叶,或茶汤,或茶粉,不见茶叶者为上,见茶叶者为下,品味时却似有似无,全凭个人悟性与缘分。

茶菜起名更是诗情画意,令人寻味,每一道菜,都含诗情画意。

童子敬寿星是主打菜,将童子鸡拔毛洗净,然后把陈年普洱茶粉、西芹、蘑菇粉、百里香、香草、味淋酒、芹菜子、鲜大茴混合均匀,用手均匀的摸在童子鸡身上,然后把它用保鲜膜盖好,把童子鸡用调料煨半天,烧锅

第二辑 茶韵飘香

开水,烤箱预热。把煨好的童子鸡用冷水洗一下,主要把童子鸡上的调料洗掉,用开水烫一下洗好的童子鸡,使烫过的童子鸡皮颜色变深,放入烤箱烘烤,烘烤时多刷几次调料,上色更好,这样,便完成了一道色泽呈枣红色、茶香浓郁、外观丰满,皮酥脆,肉细嫩童子敬寿星佳肴。

富贵有余是希望,更是对寿星的祝愿,将活鳜鱼宰杀洗净,洒入红茶、盐、胡椒粉、料酒、葱姜适量,上锅蒸熟取出。挑去葱姜、茶叶,倒入红茶卤,洒上葱丝、姜丝、香菜适量,再用锅烧热油浇在上面即可。此菜鳜鱼色泽红亮,茶香味浓,肉质细嫩,入口鲜美。

红茶是一种全发酵茶,因其口感苦、涩,所以做菜一般只取茶汤。红茶适用于口味重、色泽重的菜肴,可以去腥解腻,还具有一定的养胃作用。

福寿双全是人生的最美好的追求,佛手瓜用清水洗净,切成象眼片,用开水焯过,凉水冲,备用。鸡脯肉切成薄片,加精盐、味精、干淀粉拌匀加鸡蛋清拌匀,备用。方腿肉、荷兰豆、胡萝卜都切成象眼片,入开水焯过,凉开水过凉备用。炒锅烧热,放入精制油,待油温三四成熟时,倒入鸡脯肉片划散,待鸡柳片变白时,倒入佛手片,方腿肉片、荷兰豆片、胡萝卜片一起滑油,倒入漏勺中沥去油。炒锅倒去油,留余油,投入蒜泥煸炒生姜,放入红茶浓汤,精盐、味精待开水淋入湿淀粉,倒入所有主副料,翻炒均匀,淋入麻油装盆上席。此菜茶香浓郁,荤味特鲜,素味爽口。而佛手瓜如两掌合十,"佛手"即有"福寿"之意。

当然,一桌全茶宴还有茶香牛肉、三丝茶叶羹、茶香肠、茶酥饼、茶香豆腐"八碗"组成,意味四季平安,八方聚财。席间,茶友们细嚼慢咽,点评啧啧。食不厌精,脍不厌细,道道菜肴、香溢溢、味津津。慢饮杯中茶,细品茶菜点。以茗味之馨雅入柴米油盐之人间烟火,雅俗共赏,也算是一种境界了。

有位哲人说过,真理是最朴实、最简单明了的。是啊,茶菜作为一种文化,它的精髓、它的内涵、它的真谛原本就包孕在极朴素的道理之中。

凤庆花香云处飘

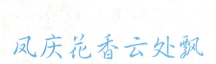

　　位于澜沧江畔的云南凤庆,山清水秀,四季如春,成为花卉生长的天堂,种花养花成了凤庆人生活中不可缺少的部分,无论行走在山中,还是走进农家小院,都会让你感到花香袭人,花香醉人,花香悦人,花香怡人,就像《诗品序》所云:"气之动物,物之感人,故摇荡性情形诸舞。"

　　金秋时节,最好享受的自然是"人间第一香"的茉莉花味了,站在"翠叶光如沃,冰葩淡不妆"的茉莉花旁,嗅着清婉而沁人心脾的香味,耳边不由自主地回荡起"好一朵茉莉花,满园花开香也香不过它……"的江苏民歌《茉莉花》来。据说,茉莉花原产印度,在我国落户已有千年历史。《南方草木状》中就有这样的记载:"那悉名花与茉莉花皆胡人自西国移植南海,南人怜其芳香竞植之"。享受着浓郁的茉莉花香,使人联想到的是"却嫌脂粉污颜色,淡扫蛾眉朝至尊"的虢国夫人,想到的是"灵种传闻出越裳,何人提挈上蛮航,他年我若修花史,列作人间第一香"的感慨,站在花丛中,看万盆茉莉争相斗艳,则令人感觉"沉沉碧海凝初雪,赢得人间一夏凉"的幽润清朗意境,那花的香味,似乎可以解除酷暑的炎热和一天的疲惫。

　　在月明星稀的夜晚,是享受桂花飘香的最好时节,特别是时至中秋佳节,置身在如水的月光下,微风徐徐吹拂,看桂花在枝头绽蕾吐蕊,嗅着芬芳馥郁的花香,似乎花的香味从鼻孔间吸入,引着血脉舒展,最后又从

第二辑　茶韵飘香

毛发间滴出来一样，那情那景，真可谓："独占三秋压众芳，何夸橘绿与橙黄"、"无荷可悦目，有花可闻香"了。在凤庆，人们常在庭院或窗前成双成对的栽培桂花，取意"双桂当庭"，或"双桂留芳"，既可点缀庭院，又可赏桂花枝之遒劲，态之优美，格之高雅，花之香洁，更可达到"桂子月中落，天香云处飘"之境界。

具有"王者"之香的兰花是凤庆花卉中的扛鼎之作，无论你走进哪户人家，你都可以看到点缀于书斋、客厅、卧室、走廊上的兰花，让人倍觉诗情画意，诗兴盎然。无花时，兰花以含蓄的"韵清"艺术魅力摄人心魄，正如屈原在《离骚》中所云："秋兰兮青青，绿叶兮紫茎。"开花时节，兰花飘逸的翠叶衬托起清雅的花朵默默绽放，幽幽的芳香清雅怡人，陈于庭室不卑不亢，常给人无数的遐思。取一盆置于书斋之中，一边看书写作，一边让兰香打通筋脉，营造素材灵感受，不只印证了"坐久不知香在室，推窗时有蝶飞来的情趣。"那《易经》里"同心之言，其臭如兰"和《孔子家语》中"芝兰生于深谷不以无人而不芳，君子修道立德，不为困穷而改节"的咏叹更是油然而生。

有人说过，要感受花香的魅力，就要到凤庆的农家来，这话虽然说得有些片面，然而"凤庆千万家，户户养名花"的情景却是不争的事实，随着人们文化生活水平的提高，凤庆人衷情花卉的情感与日俱增，花色品种也在不断地发展，花的香味更是千变万化，白玉兰的似兰之香、月季的微香、栀子花的烈香、百合的浓香、梅花的暗香、水仙的玉露香、米兰的芳香、珠兰的贵香、牡丹的天香等为凤庆着上了更加迷人的色彩，把凤庆装扮得美丽如花，把凤庆酝酿得比花更香，比蜜更甜。

漫步在凤庆的花香中，不知是自己在赏花，还是被花欣赏，在这温馨的世界里，有一种青春永远蓬勃，有一种情愫永远年轻。真是：花香熏得游人醉，庭院花海成乐园。

茶树上结出的文化

很早就想为茶乡凤庆写一首长诗了，可惜我不是缪斯的宠儿，这种想法只是一直酝酿在脑海之中。昨夜，偶读《滇海虞衡志》，其载："顺宁（凤庆）太平茶，细润似碧螺春，能经三瀹，尤有味也。"于是，一首毫无修饰的诗篇在我的笔尖滴落……

凤庆产茶始于两千多年前的两汉时期，可谓是名副其实的茶乡了，县内至今还生长着一株高九米，树围达五米的栽培型大茶树，虽然它经历了三千两百年的风雨洗礼，但它依然青翠欲滴，成为当今地球上最粗大的人工栽培型茶树。

凤庆茶最早只是先民用来做药、祭祀之用，随着时间的推移，凤庆茶有少到多，有饮料发展成商品，逐步发展壮大，目前已经拥有茶园二十五万亩，据《滇南新语》记载，早在明代，凤庆就能用手工制造出太平茶、玉皇阁茶，其色、香、味可与龙井茶相媲美。于是，凤庆茶引着青龙桥连通的茶马古道，源源不断的远销东南亚国家，茶叶从此成为凤庆人的"绿色银行"。

悠久的种茶制茶历史，滋生出了凤庆以茶入药、以茶入饮、以茶入礼的浓浓茶文化氛围，在凤庆，人们从茶地采回鲜嫩的茶叶，洗净晾干后用手揉软搓细，放进一只大碗中。再加上用柑橘树叶、酸竹笋、大蒜、辣椒、盐巴等作料拌和，就成为一碗"凉拌茶"，这种茶苦中透出一股鲜香，是一盘下饭的好凉菜；有的则把采来的新鲜茶芽放进小缸里面，撒上盐巴拌

067

匀,层层压紧,放几个月后,拌上香料,便是吃饭佐餐的一道好菜;男婚女嫁时吃的迎亲茶又别有一番滋味——在热烈的鞭炮声中,新郎新娘与亲人围着八仙桌而坐,第一道吃苦茶,第二道吃加了糖的甜茶,暗示新郎新娘的未来生活要勤劳致富,先苦后甜;凤庆白族较多,"三道茶"也在群众中广为流传,当客人进入客厅坐定后,主人家就会捧出第一道茶来,这第一道茶是加糖的"糖茶",表达主人对客人的盛情欢迎,第二道茶,是只放茶叶的"苦茶",客人准备告辞前,主人家又捧出第三道茶,茶里放了米花,所以叫"米花茶",这道茶是送别客人,祝客人吉祥如意。

孙中山先生说"茶是最合卫生最优美之人类饮料",这话一点也不错,在茶乡凤庆,品茶听乐是人间一大乐事。三五好友集聚一室,品茗、泡茶、谈古论今,不亦快哉,一份茶香,一份闲情,细细品茗,境静心净,洗尽尘埃品饮茶水幽香芬芳,一种神奇快乐的感觉贯通与血脉情怀之中,平添人生无穷乐趣。于是,无论你走进凤庆县的哪户人家,他们都会用一杯清香如云的香茶来招待你,那香高味浓的"百抖茶"、芳香馥郁的"速溶奶茶"、香味浓郁的"滇红工夫茶"、香如幽兰的"早春绿"定能让你其乐融融。

茶品得久了,一些诗词歌赋亦被许多人品了出来,"喝一口,神清气爽。喝两口,嘴角留香。喝三口,味中有味。喝四口,云游仙乡。识得茶味与世味,今日诗仙应你当。"这是诗人李鉴尧品凤庆茶的真实感受。"芬芳的风,芬芳的云,芬芳的茶园,芬芳的林。茶乡收茶千家乐,姑娘采茶歌醉人。情满茶山歌满岭,我爱凤庆四季春;芬芳的山,芬芳的水,芬芳的村舍,芬芳的人。家家好茶迎远客,百里茶乡真开心。滇红走出国门外,都夸我勤劳的凤庆人!"这是作家刘立循咏凤庆的赞歌。"青红翠绿佳茗邦,古色古风茶道传。纯净天然新品味,泉甘器洁泛芳香。亲朋馈赠连情谊,好友添杯话短长。助兴谈诗思敏捷,清神醒目健身康。"这是凤庆茶一身是宝的写照。作家李钧在《咏凤庆茶》中亦有"云雾缭绕高海拔,此处茶味独芬芳"的感慨。在凤庆，咏茶的诗篇说不清也道不完，有人说，凤庆的峡谷有多深，茶乡的诗歌品位就有多深，茶乡的茶树有多少棵，凤庆的诗歌就有多少篇，是啊，茶作为凤庆文明发展的象征，几篇诗文又怎能表达出其深刻的内涵呢。

于是，千百年来，凤庆人恪守着"茶是摇钱树，买粮又买布，儿去上学娘采摘，生产学习两不误"的诺言，唱茶歌、跳茶舞、做茶操、办茶报、搞探究……昔日茶马古道上的凤庆，如今，春雨潇潇，茶吐嫩绿，处处生机盎然，边陲小城悄然在变，街道宽了，房屋新了，城市亮了，一切都随着凤庆茶文化大县建设这个品牌的崛起而在蒸蒸日上。

罐罐茶

回望岁月，在小城居住又是十年，先前在乡下很容易喝到的罐罐茶，进城后却因钢筋水泥的阻隔而把我与罐罐的距离越拉越远，平日在办公室里虽然也喝茶，可那是干茶叶和"放心水"调和的，当然没有什么茶道艺术可言，仅达到一个解渴的目的罢了。这使我常常情不自禁地想起故乡韵味无穷的罐罐茶来。

罐罐茶又叫平民茶，是乡下农民自采自制自己消费的一种"自然主义茶"，由于它味淡清香，甘香溢齿，且价廉物美而深受农民喜欢。

父亲是个喝茶很浓的人，他常说："早茶一盅，一天威风。"于是，每天早晨，父亲总是第一个起床，在火塘上架起一笼熊熊燃烧的疙瘩火，在

又黑又亮的铜壶里注满井水，一边煎水，一边用碳火把一个嘴小腹圆底平的土制小茶罐加热到一定火候，就把自制的青毛茶（黑茶）放到小茶罐中，烤烤抖抖，抖抖烤烤，直到茶叶黄柄脆，才在小茶罐里注入开水。顿时，噼啪一声，茶水溅起，茶末涌出茶口，一股扑鼻而来的茶香便充盈得整个房间都是，飘而不散，袅而不绝。

每当父亲烤茶时，父亲常把我叫到他的身边，一遍一遍地给我讲解烤好罐罐茶的诸多要领，唯恐客人来我家时我烤不出罐罐茶而丢了他的颜面。那时我还小，虽听父亲讲了不少的茶经茶道，但烤起茶来总是拙手拙脚的，有时把茶烤护了，吃起来仅剩下一股焦炭味；有时自认为火候已够，便匆匆地往茶罐里放茶加水，结果茶罐口连茶末也未曾冒起……直到长大后，我才渐渐明白，要烤制好一壶罐罐茶，其中的功夫是很讲究的。

茶罐要用土制的，烤起茶来热量才会相对稳定，不致茶罐一离开炭火就会冰凉；火候是烤茶最为工夫的，全凭经验把握，火温太高会把茶叶烤焦，温度太低又会把茶叶"烤死"，必须慢慢地烘，轻轻地抖，直到茶叶熟而不焦，黄而不枯，茶柄脆而不碎，才能在小茶罐里注入开水，开水最好是用清澈的井水烧开，沏出的茶才会甘香四溢。

其实，故乡人喝罐罐茶，大多喝的是一种礼节。家里来客了，沏一盅好茶，围着塘火将年成与天气的闲话拉近，侃天南侃地北侃男人侃女人胡扯人间是非曲直，以茶代酒，以茶传情，轻哑慢品，几许愁乐甘苦随风鸣响天籁，升降沉浮款款遁入各自的心中借以淡泊而明志。一壶喝干了，再加入水喝，茶味淡了，再烘一罐痛饮，你一杯，我一杯，越喝味越妙，越喝越神清气爽。喝来喝去喝了几百年，故乡人最终喝出了一些诸如"茶能养性"的格言警句。

于是，乡里人喝罐罐茶喝上了瘾，乡里人和罐罐茶喝出了情，乡里人喝罐罐茶和出了一种文化，乡里人与同土里土气的罐罐茶撑出了一片亮丽的天空。

家乡的古茶树

这是滇西凤庆县最具特色的一种树。坚硬如铁,绿荫如盖,枝条虬曲,满含坚韧的力量;这是凤庆县最最普通的一种树。一株一株地站立在澜沧江畔的深山老林,整片整片地围绕着村庄,谦逊着向每个山民躬身迎迓,那样朴实,那样厚道,那样真诚,就像我的乡亲一样,每一棵古茶树都能找到一个相应的人,老的、少的、粗犷的、清秀的,全都是那样的朴实、厚道、真诚。

这就是凤庆县古茶树,默默地、谦逊地站立着,和炊烟在一起,和村落在一起,和天地在一起,和我的乡亲们在一起,顽强地生活着,无私地奉献着。

凤庆县地处澜沧江流域,是世界茶树的发源地的中心地带之一,全县古茶树资源面积达五万六千多亩,村村寨寨成林成片,随处可见。经过上千万年的历史演变,古茶树与人们成为相生相伴的神仙伴侣,茶叶成长为人的精神支柱。

我在凤庆县土生土长,打我记事起,我认识的第一种树便是茶树。那时,我家的房子是被茶树围着的,我们的村庄亦是被茶树围着的。远远望去,触目皆是一片绿色,村庄里除了农家,茶树之外依然是茶树,茶岭以外依然是茶岭,简直就是一幅天然的风景画。让人的目光一碰,心就会生出一阵莫明其妙的惊喜与激动。以至于长大后身在他乡想家时,每每总有

一些古茶树的影子最先进入怀念,那婆娑的树影常常撩拨着我一波又一波被深深的眷恋。

风庆的古茶树是远近有名的,据史书记载,早在明初就以"味薄而清,甘香溢齿"的独特风味与贡茶碧螺春相媲美。加之大旅行家徐霞客曾到过我的家乡,并在《徐霞客游记》里记下了许多关于家乡茶的诗文,家乡茶的美名便一日千里的伴随着时代的步伐,一而再,再而三地被品评,被传播,而不断深入到街长楼高的都市,以及不同肤色,不同性别不同国籍的人的心中。于是,家乡人便渐渐从耕种荞麦、青稞、玉米等的行列中退却出来,用勤劳的双手在那些曾被祖先视为瘦土的红土地上垦起了一块连一块,一岭连一岭的茶园。

从此,一年四季,葱绿的茶树就在绵延的长床上安了家,迎着和煦的山风展示着自己常青的生命。我的父老乡亲的一日三餐也系在这小小茶尖上,年年围绕葱绿的茶事而日日飘香。

要领略古茶树的妙处,自然要爬上澜沧江畔高耸入云的大山,走进密密麻麻的森林。面对横亘在你面前峻峭的山,面对挂在你面前陡陡的路,畏惧是没有用的。还是挽起裤管,憋足一股劲,朝山头攀登吧。登上山路,你会发现这路根本不像城市的马路。山路是山民们踏出来的羊肠小道,有的地方较平缓,有的地方直挂如绳,均是窄窄的沟槽一样的形状,间或有大石挡道其中,道旁不时交叉横挡着带刺的荆条,让你不能顺利通行。爬到山腰一个平缓处,坐在软绵绵的草地上歇缓一会儿,林中的鸟儿送来清脆悦耳的鸣声,花香草香裹在一块儿直扑鼻孔。

忽然,一汉子嘹亮的茶歌从山顶飘过树梢——"巧手采来嫩芽香,男女老少齐向前,风雨晨昏不辞苦,增产致富树摇钱。"茶歌颤悠悠很瓷性地灌进你的耳朵。全身忽然来了劲头,起身又朝山顶攀缘。坐在山顶眺望,蓝天上放牧着朵朵白云,村庄静静地伏卧在山下的土坳里;转身环顾,三面皆山,群峰争秀,郁郁葱葱,尽把古茶林丰姿展眼前。

走进凤庆县永新团结村、河边村的大尖山、小尖山，才明白什么叫真正的古茶树。大尖山、小尖山地处澜沧江次流域区，距澜沧江约四十公里的大丫口山梁，海拔在一千九百米至二千六百六十米之间。野生茶树生长面积约八千亩，约三万二千株，是真正意义上的古茶树群落。生长于大尖山熊窝边最大株茶树根部周长一点四九米，直径零点四五米，高二十多米，到目前为止还保存着原始野生茶的品种基因，成了名副其实的茶叶基因库。

　　小湾锦秀村的古茶树群落是另有一番天地，香竹箐古茶树已有三千二百多年的历史，号称世界茶王之母，这里有栽培型古茶园和野生型古茶树群落。古茶树除香竹箐香竹茶王外直径在一米以上的有三株，直径在零点五米左右的有两千多株。这些野生古茶树根部裸露，千奇百怪，有的像睡美人、有的像马鹿头，有的像奥运火炬，有的像龙口衔珠，有的像大象，有的像神龟出洞，有的呈相亲相爱状……真是鬼斧神工，令人目不暇接。

　　这些古茶树，每年当春天拨动了绿色的琴弦，家乡父老乡亲们就陶醉在那一片希望的绿色里，祖祖辈辈把古茶树崇拜为"命脉树"，因为古茶树的繁茂象征着五谷丰登，六畜兴旺，所以每年大年初二都要去祭拜"茶树王"，祈求神灵保佑四季平安，风调雨顺，茶叶绿油。在他们的心目中，古茶树是神圣而不可侵犯！

　　因为有古茶树的繁茂，所以父老乡亲们才分享着古茶树叶的清香；因为有古茶树保持着水土，所以村庄里独有的那塘龙潭水才四季清绿。而今，家乡古茶树依然枝叶繁茂，虽然后辈们都知道古茶树没有神灵，但没有人去砍一棵千年的古茶树。后辈们明白，如果没有那千年古茶树傲然在村庄边，那么村庄的生存将面临一场挑战。如果没有那千年古茶树保持着水土，那么村庄里独有的那塘龙潭水将面临枯竭。

　　喝生日茶是家乡一部浓浓的乡情。在家乡，每每家里的人过生日，就

第二辑　茶韵飘香

会享用用古"茶树王"的茶叶泡制的茶水,人们总是固执地相信,品尝过"茶树王"的茶叶水,不仅让人能四季安康,而且让人能长生不老。其实,人生本来就是一杯茶,或浅啜或慢饮,或豪饮畅快,就这样悠悠地喝着,许多人生难解的结,便在时间的缓释中悄悄地解开,许多人生的焦灼,便在这茶叶的沉浮中淡泊了下来。就像品茶中那种淡淡的滋味一样,荣辱利禄都是过往云烟,唯有淡泊才能抵达宁静致远的境界。

竹影婆婆

在所有的植物中,我最喜欢的是竹子,这不仅仅是因为竹与人们的生活息息相关,是人类的朋友,更重要的是它那飘逸的绿韵、它那生长的精神给人温馨,令人鼓舞,并且冬去春来,年年如此,那种执着的信念,时时让人感到莫名的激动。

于是,蜗居在别人的城市的时候,我常常渴盼,在车水马龙的都市里,能有一两杆竹子空灵般的从某一角落轻舞起来,洒给我一身的清爽,但我常常是望穿秋水,却找不到半点竹的倩影,偶尔在人家的花盆里看到几株侏儒般的竹盆景,却没有半点竹的韵味,更不用说竹影婆婆的境界了。于是,每每此时,故乡的竹子便会乘虚而入我思想的原野。故乡在滇西澜沧江畔的澜沧江大峡谷,温和湿润的气候把这里变成了竹的世界,站在故乡四处眺望,数不胜数的竹子处处展现出一派生机。少女般苗条婀娜的粉单竹、浅笑如弥勒的佛面竹、声如金玉的琅琊竹、坚硬如钢的铁竹、直冲青天的龙竹、郁郁葱葱的毛竹、金蛇般狂舞的黄竹……如一排排一队队列队的战士,肩并肩手挽手地撑出一片片一岭岭的绿荫,那竹的天、竹的地、竹的村庄、竹的海洋,你不必刻意地寻觅,就会有竹与你的目光相接,就会有竹与你的听觉相融,放开思绪在竹林里狂奔,每一根竹,似乎都是一个生命的主体,一个厚重的典故、一幅凝固的画卷,随意捧读,都能读到一个生命的意蕴和灵性,多少深邃的境界和神奇的演绎,都在一杆杆竹身上尽情地舒展。

儿时,我和小伙伴们常常在静谧的竹林里嬉戏,我们爬上高高的龙竹,把龙竹拉成弓一样,利用它的弹力,呼的一声就跃到另一根竹子上,我们的笑声,也随之在竹林的上空荡漾开来。玩累了,就坐在竹叶上看竹子秆亭亭玉立,赏竹叶凝重端庄,闻竹香之神气,听竹叶沙沙作响,那景致,自然要胜过一首绝妙无比的抒情诗,生在竹林中,长在竹岭上,故乡人的生活样样都与竹子亲密无间,住的是竹楼,坐的是竹椅,吃的是竹笋,穿的是竹鞋(竹草鞋),躺的是竹席,就连娱乐用的麻将也是竹制的竹牌。

而我对竹的迷恋,除了与竹有着"肌肤相亲"的缘故外,更重要的是竹曾经以母亲般的胸怀滋润过我干涸的岁月。在全国自然灾害最严重的那年月,故乡的竹子成了故乡人谋生度日的载体,他们把竹子从山上伐回来,在竹节上锯开,然后用水浸泡两天,劈开竹筒,去掉竹肉,分成一根大约五毫米宽,三毫米厚的竹篾,竹篾又薄又匀,宽窄一致,那功夫火候,可不是一两天就能练出来的,初学者一根竹子能破出三五片竹篾就算不错了,手巧的家乡人却能破出三五十片竹篾来。并用这些竹篾编织出花色繁多,手工精细的竹椅、竹凳、竹枕、竹柜、竹筒、竹勺、竹篮、竹扇等等,挑到山街出售换回必需的盐巴、布匹等生活用品,煎度那些日子的艰难。那时我在村里上小学,那五毛钱的学杂费,也要卖一张竹席才可以兑现。如今想想那与竹相依为命的日子呀,我还常常热泪洗面。

时光是不会等人的,在光阴的隧道里穿梭得越久,才越来越明白竹与

国人的渊源颇深。早在七千年以前,在浙江余姚河姆渡的原始社会时期,就已经有竹制品了,三千年前,竹已广泛用作战斗的工具,到汉代,竹成了造纸的原材料,可想而知,竹与人们的生活,自古以来就息息相关,苏东坡就曾言:"载者竹筏,书者竹纸,戴者竹冠,衣者竹皮,履者竹鞋,食者竹笋,焚者竹薪,真可谓不可一日无此君也!"说得真是一点不错。正因为竹有着太多太多值得我们学习的秉性,古往今来,无数仁人志士都颂竹、赞竹、咏竹、画竹、种竹,以竹言志,以竹比德,以竹养性,以竹自勉,留下了一篇篇一首首脍炙人口的诗篇。看吧,王维"独坐幽篁里,弹琴复长啸,深林人不知,明月来相照"是何等的惬意。杜甫"绿竹半含箨,新梢才出墙,色侵书帙晚,阴过酒樽凉,雨洗涓涓秀,风吹片片香,但令无剪伐,会见拂云长"。他那钟爱竹子的精神在字里行间展现得淋漓尽致。而对竹的品德的赞扬,要数宋代诗人王丹桂的《咏竹》写得最具体不过了:"性贞洁,寻枝嫩叶堪图写。堪图写,四时常伴,草堂风月。孤高劲节无然别,虚心永永无凋谢。无凋谢,绿荫摇曳,瑞音清绝。"张九龄说得更是言简意赅:"高节人相重,虚心世所知。"大自然的点缀同样少不了竹的身影,宋代诗人孙绰便有"莺语吟修竹,游鳞戏澜涛"的清唱,王玄之亦有"松竹挺岩崖,幽涧激清流"的漫吟。苏轼的"竹外桃花三两枝,春江水暖鸭先知"更是家喻户晓,伟人毛泽东不也写过"斑竹一枝千滴泪,红霞万朵百重衣"的诗句么。是啊,竹子在万物中虽然没有茉莉、桂花那样馥郁芳香引人,也无松柏那样挺拔苗壮,更无玫瑰、牡丹那样华丽的容颜动人,但它们隽秀而不俗气,清雅而不清淡,一任"未出时先有节,纵使凌云仍虚心"的美德在天地间书写。

离开家乡的日子越久,心与故乡的距离就越近,故乡婆娑的竹林时常撞痛我奔涌的神情,故乡的竹虽然没有五百里井冈山上的翠竹那样闻名于世,但他们不嫌故土贫瘠,不嫌故土地瘦,年年在澜沧江大峡谷中宛如绿色的娇龙在舞蹈。在故土山高水寒的大山里,许多的树木是无法生存的,而竹不仅在这里站稳了脚跟,还锲而不舍地举出一片生命的绿荫,真可谓"咬定青山不放松,立根原在破岩中,千磨万练还坚韧,任尔东西南北风"。它们这种生长的精神,在物欲横流的今天,实在是越来越少了。于是即便蛰居在钢筋水泥铸造的城市,我也时时梦想着"竹村绕吾庐,清深趣有余"的境界,让婆娑的竹子解累,让飘逸的竹子安神,让竹的骨气劲灌全身,然后心满意足的抽芽,拔节,胸有成竹的徒步人生。

生命树

　　我的故乡盛产树,有坚硬如铁的青钢栎树,笔直如线的红椿树,绿荫如盖的桦桃树,卫士般整齐的白杨树……而在故乡人的心目中,真正被视为生命树的,是那一片片一岭岭的茶树。

　　我在故乡土生土长,打我记事起,我认识的第一种树便是茶树。那时,我家的房子是被茶树围着的,我们的村庄亦是被茶树围着的。远远望去,触目皆是一片绿色,村庄里除了农家,茶树之外依然是茶树,茶岭以外依然是茶岭,简直就是一幅天然的风景画。让人的目光一碰,心就会生出一阵莫明其妙的惊喜与激动。以至于长大后身在他乡想家时,每每总有一些茶树的影子最先进入怀念,那婆娑的树影常常撩拨着我一波又一波被深深的眷恋。

　　故乡的茶树是远近有名的,据史书记载,早在明初就以"味薄而清,甘香溢齿"的独特风味与贡茶碧螺春相媲美。加之大旅行家徐霞客曾到过我的家乡,并在《徐霞客游记》里记下了许多关于家乡茶的诗文,家乡

茶的美名便一日千里的伴随着时代的步伐一而再,再而三地被品评被传播而不断深入到街长楼高的都市以及不同肤色不同性别不同国籍的人的心中。于是,家乡人便渐渐从耕种荞麦、青稞、玉米等的行列中退却出来,用勤劳的双手在那些曾被祖先视为瘦土红土地上垦起了一块连一块,一岭连一岭的茶园。从此一年四季,葱绿的茶树就在绵延的长床上安了家,迎着和煦的山风展示着自己长青的生命。我的父老乡亲的一日三餐也系在这小小茶尖上,年年围绕葱绿的茶事而日日飘香。

每年清明节前后,是家乡茶树长势最好的季节,一芽二叶的春尖总是一芽挤着一芽,一棵挨着一棵,一园联着一园,一山连着一山,绿得厚重,绿得凝滞,绿得能让人浮生出许多生动的想法。它们高仰着娇嫩的笑脸,呼吸着雨露,沐浴着阳光,齐刷刷地撑出一片绿色的诗行。此时,采下春尖就是采下一年的希望,质朴的茶农,总是用挥舞的十指一芽一芽地采,一棵一棵地摘,十分耐心地把又一年的衣食住行订装。单就这分缘,茶树就渐渐进入了家乡人的生命,参与着家乡人经历的岁月和成长的历程。而家乡人亦抒一切都交给了茶树,使它们有了灵魂,有了感情,有了地位,有了家乡人的淳厚、质朴、上进的一切秉性。

一年中茶事最繁忙的时候,采茶自然也有孩子们的一份。学校放了忙假,学生们见面闲谈的,多是比赛谁采的茶叶多,谁采的茶好。村里采茶姑娘心灵手巧,她们一边用纤纤素手如机器般的采摘茶芽,一边还能用清脆的嗓子唱出爱死人,甜死人,醉死人的茶歌,连同满山满岭茶香气息抖擞着精神涌向了四面八方。于是,家乡那土得掉渣的茶歌亦有了不薄的地位,成了艺术家们不朽的创作主题。

不久前到上海出差,遇到了在茶树下一同长大的伙伴,当谈到小时候茶树下玩耍、茶岭上对歌、摘茶子交学费上学的往事时,他们一个个感慨万千。有位叫滨的友人在谈到家乡的茶时,更是眉飞色舞,神情专注。他说,他曾在我的家乡当过知青,是茶树给了他蓬勃的希望,是茶歌支撑着他走过那段艰难的时光。后来到他家,在他的书房里我见到了一幅有一堵墙一样大的故乡三千二百年树龄的"茶树王"的巨照,放上盒土得掉渣的从茶岭上录下的茶歌,静静地倾听,慢慢地咀嚼,那个中的味儿,是用什么也写不出来的。

其实,那是幅绝对简单的作品,巨照中除了天空和大地外,就只有一棵居于中间的老茶树了,远处的背景除了能朦朦胧胧地见到一些茶垄外,其余的什么也没有。显然,在滨的眼里,茶树已不仅仅是一种树,而是一种生命——一种栖息满人的感情人的思想的生命。一种既说得清却又依然朦胧的生命,一种很简单却又很复杂的生命。它不仅昭示着树的沧桑,更昭示着人的不平凡的际遇以及面对生活面对未来勃勃的向往。

回望家乡的生命树,我忽然顿悟:古茶树的精神不正是故乡人精神的缩影么?

茶本非茶,树本非树。如今,关于茶的概念茶的内涵正在不断地拓宽,载着家乡人脱贫致富的小康意识正阔步突进。

远去的马帮

在群山连绵的滇西,在滚滚奔涌的澜沧江两岸,马帮是极其重要的交通工具,素有"山中之车"的美称。

那些崎岖逶迤的山道上,诉不尽马帮的神奇;刀砍斧削的绝壁,说不完赶马人的辛酸;不老的风峡谷,回荡着许多赶马号子的豪迈和悲壮。

　　三十多年前,由于澜沧江的阻隔,山里与外面的交往,仅凭一条古老的驿道与一座叫作"青龙桥"的沧江铁索相通,因桥头一带地势险要,山岭纵横,往往成了土匪强人抢劫财物的场所。那年月,山里人迫于生计,不得不成群结队地赶着马外出谋生,于是,在古老的驿道上,常常可以看见少则七八十匹,多则三五百匹浩浩荡荡的马帮驮着毛皮、药材、核桃等山货进城,换回必需的盐巴、布匹等生活用品。每次马帮平安归来,山里人总要在村头的空地上燃起熊熊大火,敲着小锣,吹着芦笙,弹着响篾,喝着苞谷酒,唱着高亢的山歌一直狂欢到深夜才会散去。这番情景被人们编成了很形象却又"刺味"很浓的山歌:"……赶起百十匹马帮(哟咳),驮上百十斤驮子(哎),翻过(哦)百十个梁子(呀),换回(哟)百十样货子,填饱(嗯)干瘪瘪的肚子(呀),狂欢一阵子(啊)……"

　　新中国成立后,村里的马被集中起来放养使用,祖父为粗通兽医,略有饲马经验,村里就让他饲养大队里的马匹。每年的三百六十五个日日夜夜,祖父在家的日子是很少的,他和村里的赶马人一样,大半生都往返于澜沧江两岸的崇山峻岭之中,与清风山雀为伍,与马帮晨露做伴,饿了啃一口干粮,渴了喝一口山泉,天黑了就卸下货物与马帮一同宿山野路旁。特别在每年的公粮入库季节,祖父常常同村里人背的背,驮的驮、挑的挑,不分昼夜地来往在那些羊肠小道上。在那座骡马都可能累死的名叫"骡马萎坡"的大山上,更是留下了许多赶马人的斑斑血汗——因骡马萎坡上的驿道,是从澜沧江边的绝壁上出来的。又窄又陡,又滑又长,弯弯曲曲有上百里。骡马不堪重荷而滑下山崖是时常发生的事,能走过去的马往往也如大病初愈一般萎靡不振,"骡马萎坡"的地名也因此而得。

　　然而,不管赶马人如何辛苦如何劳累,山里的生活依旧穷得揭不开锅,特别是"大跃进"那几年,村里人一年才可以吃到一次猪肉,全村浮夸之风肆虐,村里的人往往是空着肚子下地干活。就连每匹马固有的那份饲料,也在十年浩劫中被造的反派剥夺,村里的马帮也一天不如一天地走向衰落。

党的十一届三中全会的春风,吹散了山里人心头的阴暗,村里实行了家庭联产承包责任和统分结合的经营体制,全村的马匹也被打散分到了各家各户。同时,人们经进三番五次的调查、论证、筹集资金,在澜沧江上架起了一座贯通南北两岸的柔性钢绳大桥,一条"S"形的宽阔公路,纵横于澜沧江两岸的村庄。从此,山民们进城,不再需要马帮十天半月地来回一趟,那些丰富的药材山货,只需挑到山街便可以出售,即使上一趟县城,也只需乘半天的客车,省去以前赶马进城的风餐露宿的艰辛。村里也紧紧抓住公路穿村而过的机遇,私营企业、个体经商、加工、小吃、服务等摊点如后春笋般的在公路两侧延伸,犹如两条齐头并进的长龙一般。

村里大部分马匹已被人们赶到山外出售了,偶尔有几户农人留下的马匹,也被主人关在圈里成了集造农家肥的工具,过去人背马驮的现象一去不返,古老的驿道如今呈现出杂草树木丛生的萧条景象,往日"碾米磨面,马是生产力"的格言失去了所有的特定含义。村头的空地被推成了几亩大的停车场,大部分村民买了自己的拖拉机、农用车、微型车、汽车等,办起了运输公司,大大小小的车辆琳琅满目,它们奔驰于宽敞的乡村公路,往返于都市之间,抒发写着一份沉甸甸的答卷,书写着五十年来中国特色社会主义现代农村日新月异的不朽乐章。

第二辑

茶韵飘香

澳门观鸟

　　门地方狭小，总面积只有二十三点五平方公里，然而，就在这个狭小的岛上，竟生活着九十多种鸟类。它们或翱翔蓝天，或枝头清唱，或清水捕食，或草地嬉戏，与澳门四十五万人和谐地融为一个有机的大家园。

　　澳门气候湿润多雨，植物常年繁茂，鲜花四季常开，一千二百多种植物为鸟类奠定了优美的生活环境，加之澳门居民从二十世纪七十年代开始便有很强的环保意识，他们在荒山上造林，在空地里植树，为鸟类提供了理想的生存环境，大大促进了鸟类的繁殖增长。

　　几阵雷雨过后，斜风细雨的天空便是小白腰雨燕的了。这是一种小巧玲珑的雨燕，比家燕略小，腰身上有一圈雪白的羽毛，形体比家燕更为矫健。它们一群群一队队地你追我赶，唧唧唧的欢叫声不绝于耳，从这幢楼房飞到那幢楼房，由这个院落飞到那个院落。越到市区的上空，白腰雨燕越如群蜂出洞一般，密密麻麻地不可计数。据澳门人说，小白腰雨燕的生存能力很强，在澳门一年四季都可以看到，澳门人把它们当作一种吉祥的鸟，特别是雨燕到居民的屋檐下筑巢做穴更使他们欢喜，就像内地人把家燕当作邻居一般。

　　漫步海边，"钓鱼郎"当然是最引人注目的鸟类了，不过它们并不是成群结队地出现，而是三两只地沿水面低飞觅食，如同海面一道黑色的闪电一般。"斑点鱼郎"觅食沿海高飞，发现食物就迅猛地俯冲到水里捕食，

那速度简直就是利箭一般。最奇的是它们捕到食物后立刻就能飞回空中，决不会被汹涌的海水卷走。"白胸鱼郎"因双脚短小，能长时间地停留在水面露出的植物上，于是，它们如老翁垂钓一般静静地注视着水面，专等鱼虾、昆虫的出现当作美餐。

　　氹仔岛和路环岛是澳门植被覆盖最完好的地带，由于沿岸尚未完全开发，马尾松、大麻黄、台湾相思、凤凰木、榕树、桉树等一派生机，猪笼草、锦地罗、红树林等热带植物更是枝繁叶茂，郁郁葱葱，丰富的植被环境把这里变成了鸟的天堂。被称为"清道夫"的黑山鹰常盘旋于山顶和海面，寻觅着动物的死尸和腐肉。食雀鹰则把其他小鸟当作美食，只要它一出现，全岛百鸟悲鸣之后便鸦雀无声。最逗人喜爱的要数蓝喜鹊了，它们身着华丽的羽毛，有两条又长又柔的尾羽，飞行起来就像舞蹈家一样。"裁缝鸟"是红树林里最精细的裁缝工，它们能用又长又尖的嘴把两片树叶缝合起来，做成又巧又精的小巢，做工之精之细，恐怕用人工也难以做得出来。

　　静坐林中，画眉、斑鸠、山雀的歌声此起彼伏，高冠鸟却扑哧着翅膀在枝头歪着脑袋审视着我们。美中不足的是，我却没有见到内地曾广为发行的澳门风景画上临海飞翔的海鸥。据当地人说，在十多年前，海鸥的确是澳门的一大景观。后来，由于沿海一带以及邻近地区的工业污染严重，环境遭到破坏，自一九九一年开始便再没有出现过海鸥的身影……

　　人与自然是和谐相处的，在澳门每平方公里容纳有六万多人的生活空间里，依然生活着那么多的鸟类，难道不能给我们许多启迪吗？

第三辑 天涯屐痕

绝美武当山

你太美，以雄、险、幽、秀集于一身。苍松翠柏是你的上衣，罕见的古代建筑是你的裙裾，缀以博大精深的道教文化、玄妙绝伦的武当武术，于是，你成了天人合一的人间仙境。清澈的二十四涧揉成你的肌肤，三潭、九泉恰到好处地挂在腰间，最紧要的还在于七十二峰，无论什么时节，总是一柱擎天地一泻千里。还是真武大帝的脚步吧，八步竟然赢得整个武当。

我知道武当，最初是从电影、小说开始的，那年月，《武当》风靡了大江南北，武侠小说里武当的功夫神鬼难测，于是，我常常呼唤着武当的名字，呼唤好久了，却不知武当在这里。武当山，我叫着你的名字，你比我想象的还要动人，我真的想扑入你的怀抱，只是扑向你的人太多太多，尽管你春日山峦滴翠，繁花似锦；尽管你夏日风雷激荡，云雾缭绕；尽管你金秋林疏叶红，满目清新；尽管你冬时冰柱撑天，琼瑶满地；尽管你"山之胜，既以甲天下"，但我看得出来，你已经有些厌倦与无奈。

这是一座神奇的大山，据说，武当山的形成可追溯到八亿年前的地壳运动。它有着独特的地理位置，优美的自然风光中蕴含着浓郁的道家色彩，所以古人们将这座大山冠以"太和"、"武当"之名。两千五百年前，正是一个叫尹喜的道人开启了武当的修道之门。武当从此与老子的结缘，这里成为道教的发源地之一。

到武当山镇就发现了无处不在的"道"，八卦、太极图随处可见，剑道观也到处都是，习武在这里是一个风尚，毕竟，能延年益寿是每个人的心愿。连绵不断的武当山把一个小镇包围在其中，小镇独得其乐。武当山的人也好像深悟道家之精髓，慢悠悠的风格，着实让我的急性子有些不知所措。四十分钟的景区游车，有时，缆车几乎是直上直下，放眼望去到处是悬崖峭壁，人坐在缆车里经常游走在云雾之间。有时缆车贴着树木行走，满山遍野的翠绿尽收眼底，仿佛一伸手就可以将那毛茸茸的野生板栗采撷到手中。最难以忘怀的还是徒步攀登最高的山峰——金顶。去金顶可以坐缆车，但是坐缆车无法体会攀登的乐趣以及到达顶峰的成就感。一千六百一十二米的高峰足足用了四个多小时，一路高攀，多次想要放弃，是同行的鼓励才坚持了下来，到达金顶才深刻体会到一览众山小的道理，从金顶放眼望去，一切尽收眼底，起伏的山脉，漂浮的云朵，依稀看到崎岖的山路像彩带一样镶嵌在山上，唯一遗憾的没有看到真正意义上的云海．其实来到武当山，真正的看点是金顶，金殿位于石筑平台正中，仿木结构，宫殿建筑一百六十平方米，朝向偏东，殿内于后壁前设神坛，真武大帝的塑像，只是里面香火太旺。祭拜叩头都要排队，个个神情虔诚，眼前的古建筑，在经历了上千年的严寒酷暑里，至今仍辉灿如初，堪称奇。真可谓是"金阙绕红云现十七光而道冠神佛；玉京凝紫气历三千劫而位极人天"。放眼向山下遥望，秋意笼罩下的武当山，风光无限，古风悠然。游览道家灵山如穿越历史的隧道，回到远古，让人不敬遐想无限，遥想千百年前的古人来。登金顶象征着一种膜拜，是对道教文化的敬仰，也是对道骨仙风的追随，更是对自己信念的一种坚持。

最喜欢武当山的古建筑群是紫霄宫。紫霄宫背倚展旗峰，面对照壁峰。展旗峰石色赤灰，有如一面猎猎卷动的大旗。峰下的紫霄宫大殿，楼阁飞檐，雕梁画栋，顶脊上排列着各种飞禽怪兽的铜铁造像，极为逼真生动。紫霄宫素有"紫霄福地"之誉。整个建筑依山而筑，雄伟壮观。宫

廷内外，四时花卉，长开不败。紫霄殿建于三层崇台上，四周围以石栏，碧瓦重檐，雕梁画栋，富丽堂皇。踏着蜿蜒的青石板，触及着千年的古建筑，想象着世间有多少凄美的故事都可以随着岁月的流逝而遗忘，唯有这物华天宝人杰地灵的宝地留给世人无限的想象空间，座座古建筑每件砖瓦都仿佛诉说着千年的沧桑，它的沧桑和厚重总让人想用一生去感悟它的冲动。

难忘苏州的桥

世人都说"上有天堂，下有苏杭。"到了苏州，才知道让我最难忘的是苏州的桥。

苏州是水乡泽国，沟壑、河流、湖泊密布，多样型地貌天然组合成奇特的一块宝地。面对大自然九曲回肠的地域阻隔，苏州人将山山水水用桥连成通向美好远方的通途，让一条条彩虹飞架千山万壑之间。因此这儿就有了"桥都"的美称。

小桥流水，人家枕河，是人们形容苏州时用得最多的词。苏州的村庄择山而又依水，沿着溪流的两岸错落有致地生长着炊烟袅袅的土墙瓦屋。泥腿子和四蹄的耕牛与猎狗常常在溪流的两岸来来往往，于是有许多关于桥的故事在明亮的水波的映照中花开花落，白居易"绿浪东西南北水，红栏三百九十桥"记载了苏州古桥依稀的面貌。白居易做过苏州太守，对苏州他是有发言权的。可惜木制的建筑禁不住千年的日晒雨淋，很难从唐朝保留到现在。保留下来的古桥大多是石桥。宋代以后，木桥大多就被石桥替代了。唐代的古桥在苏州保留下来的有一座，就是宝带桥。宝带桥是我国现存古桥中最长的多孔石拱桥，桥长三百多米，五十三个孔，孔孔连缀，桥体本身就像一条宝带。每年农历八月十八夜，一轮明月当空，五十三个桥孔里五十三个水中月连成一串，是为苏州一年一度的"宝带串月"奇景。

苏州的桥，或大，或小，或曲，或伸，或古，或今，千姿百态，遍野飞虹，把大自然装点的格外壮丽夺目。桥与日月相伴，桥与山水竞美，桥与美德结缘，桥与道路相连。据明清两代《苏州府志》和民国《吴县志》载：明代苏州有桥梁三百一十一座，清代三百一十座，民国三百四十九座。仅苏州古城区现存古桥梁也有一百八十九座。如果没有桥，人们将在水一方，寸步难行。

苏州最有名的桥，当是枫桥。初建于唐朝，因为寒山寺，因为张继的《枫桥夜泊》而出名。我们直奔姑苏城外的寒山寺，其时已过午后。未近寺前，已隐约见到有一单孔石拱桥横跨于寺前的运河上，误以为是张继诗中的夜泊枫桥处。走近细看，才知此桥名曰：江村桥。桥下的大运河水南通胥江，越来溪，是寒山寺一带通向太湖的一条水道。旧时这里舟楫穿梭，往来不息，如今这里河水静寂，波澜不兴。"月落乌啼霜满天，江枫渔火对愁眠。姑苏城外寒山寺，夜半钟声到客船。"唐代诗人张继这首题为《夜泊枫桥》的千古绝唱，又使姑苏古桥——枫桥在千百年来一直饮誉中外。站在江村桥上，北望枫桥仅百米之遥，犹如一弯新月，横跨在大运河之上，其建筑风格和规模与江村桥相近。登上枫桥，吟诵"漠漠云低水国天，吴江风景剧可怜。铁铃关外烟如画，人立枫桥数客船。"的诗句，另一番富含诗意的感觉油然而生。

海涌桥是进虎丘的必经之桥，这是一座由花岗石砌就的单孔石拱桥，全长十八点三米，宽六米，以微小的坡度跨溪而卧。两边的桥栏望柱上各

精雕迎客石狮六只,神态各异,栩栩如生,逗人喜爱。站在海涌桥上抬头前望,左边有拥翠山庄,右边是万景山庄,叠翠盖绿,姹紫嫣红,美不胜收。过海涌桥、断梁殿,便可拾级登山了。行至山路尽头便到了"千人石"。在此向上眺望,剑池上有石梁一道,横于剑池上空,飞架东西两端峭壁,古朴险峻。西折行向虎丘塔,便要越过此石桥。桥面上有两个井口,是以前山僧吊汲剑池水的地方,俗称"双吊洞",今标明为"双井桥"。站于桥上,观剑池水幽碧冷厉,倒映陡崖、桥影,令人目迷神摇,惊心动魄。此情此景,只有身临其境才能领略得到。

夜读苏州的桥又是另外一番滋味。夜幕降临,华灯初上,无锡散去白天的繁华,悠悠的古运河水环绕着锡城,尽显无锡的古朴与典雅。上了画舫,沿岸绚丽的灯光倒映在荡漾的水波里,沿岸的灯光与苏州古城建筑相得益彰,浑然一体,令人陶醉,让我们充分领略了千年古城苏州的柔美和精致。游船沿途经过了盘门、胥门、金门、阊门等十座苏州古城门和枫桥、江村桥、彩云桥、宝带桥、灭渡桥。度僧桥、西津桥、上津桥、下津桥、永林桥、永安桥、吴门桥、万年桥。行春桥、越城桥、欲裳桥……二十座风格不一的桥梁。运河两岸一边是高楼大厦一边是粉墙黛瓦的江南典型仿古建筑,古今相映,更让我们看到了不同时代的苏州城。古老的桥梁好像在诉说着什么,是千年的历史吗,还是崭新的苏州城? 古城苏州,因京杭运河而成为万商云集的天堂。时至今日,苏州近一半的货运量还是靠水路来承担。古运河原从苏州古城内穿过,从浒关南下,到寒山寺前东拐,进入上塘河,再进入阊门外护城河,过胥门,南门,奔吴江、浙江而去。有多少苏州男人的匆匆步履从这一座座古桥上远去,又有多少苏州女人送别和期盼的眼泪在这古桥旁抛洒。古桥承载了艰辛,也承载了希望。岂不知,这些苏州女人用泪眼送走的是布衣草鞋的山民,迎来的却是衣锦还乡的苏商,他们把桥当成自己的人生驿站,在家乡不断建桥修桥,还在桥上修建佛龛供奉神灵,以祈求平安,走向富裕。桥代表了改变,象征着飞跃,是向前者愿望的化身。如今，我目睹古桥，用我的心与古桥对话，与历史对话。千百年来，山村里的苏州人正是靠桥的引渡，才能从封闭走向开明，从此岸的荒芜走向彼岸的绿草地。没有桥的引渡，苏州的生命只能停留在衰老的山村。

游船行驶的过程中，船舱里的一男一女拨弄着三弦和琵琶，委婉的苏州评弹就这样荡漾在水的中央，荡漾在每个人的心里。悠悠的琴声伴着水波与明月，让人沉醉其中。船行水中，一会儿穿过拱桥；一会儿与长廊亭榭擦肩而过；古桥的威严又勾起人对古文明的冥想，汇成了苏州的一部历史画册。

苏州的桥，是很美的，无论是古风犹存的古代桥，还是雄伟挺拔的现代桥。他的美，在于那种外在的阳钢之美，这种阳钢之美，与潺潺流水的柔韧之美和谐地结合在一起；他的美，在于那种粗犷淳朴的内在之美，这种内在之美，蕴含了苏州人对"真、善、美"的追求。于是这种美，便成了美的音符，美的旋律，给人带来美的愉悦，美的享受。

苏卅的桥确实是一幅幅文化内涵厚重的画，是一首首凝固的诗，是一口口永不枯竭的深井，细细品嚼，总有一种别样的享受和回味！

西湖觅诗迹

有人说，看到杭州就想作画，走到西湖就想写诗，而我来到西湖，是想探寻西湖背后深邃的诗意。因为，在中国历史上，从来没有一个湖像西湖

 第三辑 天涯屐痕

那样受到诗人们如此热爱。人们想起西湖，人们来游西湖，更多的是想感受那些唯美的诗歌和传说。

杭州因西湖而令人痴迷依恋，端然优美的西湖令人沉醉得近乎沉溺而难以自拔，所以白居易说："未能抛得杭州去，一半勾留是此湖。"白居易的诗韵，悠远地滋养着西湖。

西湖，是一首诗，一幅天然图画，一个美丽动人的故事，不论是多年居住在这里的人还是匆匆而过的旅人，无不为这天下无双的美景所倾倒。阳春三月，莺飞草长。白堤上，桃柳夹岸。两边是水波潋滟，游船点点，远处是山色空蒙，青黛含翠。此时走在堤上，你会被眼前的景色所惊叹，甚至心醉神驰，怀疑自己是否进入了世外仙境。而西湖的美景不仅春天独有，夏日里接天莲碧的荷花，秋夜中浸透月光的三潭，冬雪后疏影横斜的红梅，更有那烟柳笼纱中的莺啼，细雨迷蒙中的楼台——无论你在何时来，都会领略到不同寻常的风采。更会让你想起白居易的《钱塘湖春行》："孤山寺北贾亭西，水面初平云脚低。几处早莺争暖树，谁家新燕啄春泥。乱花渐欲迷人眼，浅草才能没马蹄。最爱湖东行不足，绿杨阴里白沙堤。"

白居易是在八二二年七月被任命为杭州刺史的，而在八二五年三月又出任了苏州刺史，所以这首《钱塘湖春行》应当写于长庆三、四年间的春天。白堤原名"白沙堤"，是将杭州市区与风景区相连的纽带，东起"断桥残雪"，经锦带桥向西，止于"平湖秋月"，长达两里，在唐即称白沙堤、沙堤。它是早在一千多年前的唐朝，为了贮存湖水灌溉农田而兴建的，以风光旖旎而著称。后来，人们以为这条堤是白居易主持修筑的，就叫它"白堤"，

白堤旧日以白沙铺地，今已全是柏油路面，两侧花繁树茂，有绚丽多彩的碧桃，有婀娜多姿的垂柳，明代王稚登的《十锦塘》诗，将堤上景色渲染得十分热闹："湖边绿树映红阑，日日寻芳碧水湾。春满好怀游意懒，莺撩吟兴客情闲。波中画舫樽中酒，堤上行人岸上山。无限风怀拼一醉，

醉看舞蝶绕花间。"

　　游览西湖,不到苏堤那是一种缺憾。走进苏堤,一种古色古香的气息扑面而来。明代的杨周曾经说过"柳暗花明春正好,重湖雾散分林鸟。何处黄鹂破暝烟,一声啼过苏堤晓。"这正是在赞美苏堤的无限美丽与历史悠久。

　　苏堤春晓俗称苏公堤,是西湖十景之首。它是一条贯穿西湖南北风景区的林荫大堤,全长二点八公里。苏东坡对西湖是最有发言权的,苏东坡是北宋时期著名的文学家,一〇八九年,苏轼赴杭州任知州,这是他第二次来西湖,第一次来西湖时是一〇七一年,当时是官至通判,他在巡视西湖时已经看到了葑草已淤塞了西湖的很多地方,他虽然有心治理,但通叛官位尚无决策权,有心而力不足……时隔十八年后他以知州的身份再来西湖,到任的次日,苏轼又重游览了西湖,那时的西湖已经有一半之多成了葑田,于是他怀着忧虑之心挥笔写下了"葑合平湖久芜漫,人经丰岁尚调疏"的感叹!次年四月,他向当朝皇帝哲宗呈了有关治理西湖的奏章,从此就改变了西湖的命运……为了解决西湖两岸的交通往来,苏东坡倡议西村与西山之间筑堤建桥,后人为了纪念他的功绩命为苏公堤,简称苏堤,于是就有了西湖八景之一的苏堤。"水光潋艳晴方好,山色空蒙雨亦奇。若把西湖比西子,淡妆浓抹总相宜。"这是描写西湖最经典的诗句,杭州是苏东坡的第二故乡,不只是杭州的山林湖海之美,也非只是由于杭州繁华的街道,宏伟的庙宇,而是由于他和杭州人的感情融洽。杭州人有南方的轻松愉快,有诗歌,有美女,他们喜爱苏东坡这位年轻的名诗人,喜爱他的朝气冲力,他那潇洒的神韵,他那不拘小节的胸襟。杭州的美丽赋予他灵感,杭州温柔的魅力浸润他的心神。杭州赢取了苏东坡的心,苏东坡赢取了杭州人的心。他一遭逮捕,地方人沿街设立香案,为他祷告上苍早日获释。他离开杭州之后,南方的秀美与温情,仍然使他梦寐难忘。他知道他还会故地重归。等十八年之后,他又回去任太守之职。他对地方

第三辑
天涯屐痕

建树良多，遗爱难忘，杭州人爱之不舍，以为与杭州不可分割。西湖的诗情画意，非苏东坡的诗思不足以极其妙；苏东坡的诗思，非遇西湖的诗情画意不足尽其才。一个城市，能得诗人发现其生活上复杂的地方性，并不容易；而诗人能在寥寥四行诗句中表现此地的精粹、气象、美丽，也颇不简单。今日苏堤横卧湖上，此一小小仙岛投入水中的影子，构成了"三潭印月"，湖边垂柳成行，足以证明苏东坡在设计风景方面的奇才。

可以说是没有苏轼就没有今天风景动人的杭州，苏东坡诗曰："我来钱塘拓湖绿，大堤士女争昌丰。六桥横绝天汉上，北山始与南屏通。"在苏堤旁边，种满了色彩斑斓、香气扑鼻的花木，有垂柳、碧桃、海棠、芙蓉、紫藤等四十多个品种。漫步在堤上，新柳如烟，春风骀荡，好鸟和鸣，意境动人，使人沉醉其中。最动人心的，莫过于晨曦初露，月沉西山之时，轻风徐徐吹来，柳丝舒卷飘忽，置身堤上，勾魂销魂。走在堤、桥上，湖山胜景如画图般展开，万种风情，让我们尽情享受。站在桥上，杭州美丽的风景一览无余。近处，刚抽出新芽的柳树在风中摇曳，让人感受到了勃勃生机；远处，游船、树木、亭台池榭，都尽收眼底。远的，近的，所有风景都遥相呼应，构成了一幅美丽的春之图画，令人心旷神怡。于是才有了元朝诗人尹廷高"翰苑诗人去不还，长留遗迹重湖山。一钩残月莺呼梦，诗在烟光柳色间。"深深地慨叹。

有山有水的西湖，自然少不了湖中的荷花，西湖的荷花已经开了一千多年。翻开西湖历史，每一年都有荷花的清香，每一页上，都描画着田田荷叶。于是，西湖就永远和荷花连在了一起。"毕竟西湖六月中，风光不与四时同。接天莲叶无穷碧，映日荷花别样红。"在杭州，这首荷花诗家喻户晓，即使足不出户，只要一吟这首诗，就知道西湖的荷花开得接天连地了。杨万里的西湖荷花诗是"人"与"花"在某种特性上相通了，后世钦佩杨万里，就是冲着他身上的那一股荷花般出淤泥而不染的"清气"。杨万里出生于一一二七年，正好与南宋同年，作为南宋的同龄人，似乎与生俱来地带着一份耻辱、一份仇恨。因为南宋是被金人赶过长江而建立的苟安政权。在杨万里的一生中,强国雪耻成了最主要的旋律。写《晓出净慈寺送林子方》时,杨万里六十岁左右,这时他结束了长期在外为官的生涯,被召回到天子身边,官至秘书少监,还任太子侍读。而此时,南宋王朝表面歌舞升平,可谓是:"山外青山楼外楼,西湖歌舞几时休。暖风熏得游人醉,直把杭州当汴州。"实际上年年要向北方金人供奉无以计数的钱财,稍有怠慢,对方就扬言要投鞭南下。但南宋朝廷里,今朝有酒今朝醉的人多,忧国忧民的人少。杨万里在这样一个苟安朝廷里混,荷花"出淤泥而不染"的品性就成了他为人处事的标杆。同识之士也是有的,林子方就是。这年夏天格外闷热,林子方来与杨万里小聚,为避暑气,他们来到净慈寺。杨万里和林子方在净慈寺的长廊上漫步,在林壑幽深的山脚边小坐。林子方官至直阁秘书,且不久就要去做地方官了,中央、地方联起手来,他们的强国主张、抗金建议就不仅仅是纸上谈兵,都是有可能被推行的。谈兴怎能不浓?大立场一致的朋友在一起,产生的共鸣会带来大安慰、大畅快。荷花诗的大气势即由此孕育。正是这股气势,直冲人们心底,不记也就记牢了,不想也就出来了。

千年以来,西湖风景吸引了无数的诗人来此游历,无数的诗人写了无数的歌咏西湖的诗词,而这些诗词又成了西湖的风景引得更多的人来西湖游历。不敢想象,如果没有这些诗词,绝世西湖的江湖地位会是怎样?

离开西湖,人似乎还留在西湖的意境中,"秋舸人登绝浪皱,仙山楼阁镜中尘",心绪随着那蹁跹仙子逐月而去,怡然而忘乎所归。

第三辑
天涯屐痕

095

游澳门普济禅院

　　早就听说澳门普济禅院幽秘甚多，那些春睡画院、九里香木、四面大笑的大肚佛等的神奇无时不牵动着我去畅游的决心。时值澳门回归十周年之际，我有幸饱览了这座在澳门规模最大、占地最广、历史最久的古建筑风采。

　　普济禅院位于美副将大马路旁边，我们是在参观完国父纪念堂后随着熙攘的人群步行到普济禅院的。

　　普济禅院创建于中国明代天启年间，是一座典型的中国佛教建筑。远远望去，琉璃瓦脊金光灿灿，翡翠檐头华物生辉，白玉砌成的回栏更使庙貌巍峨、深幽。沿着门口宽阔的石阶缓步而上，"普济禅院"四个颜体大字遒劲刚正的悬于气势雄伟的寺门。门的两旁，一副对联深深地刻在石柱上："贝叶传经西天竺境；莲花妙法南海观音。"对联满含禅机玄妙，手法之精，玄理之深，颇耐人寻味。

　　正前面，气势非凡的大雄宝殿巍然矗立，宝殿的檐头龙翔鱼跃，瑞兽伫立，显得惟妙惟肖。大殿屋脊上镶嵌的石湾公仔更是栩栩如生，让观光的游人赞叹不绝。据《香山县志》记载，大雄宝殿以前是普济禅院的正门，由于历年战事不断，几度被毁，又几度修缮，现在的大雄宝殿是一八六八年重修的。走进大殿内，一种敬佛的心情油然而生，三尊三宝佛像道貌岸然，丈八金身，魁梧奇雄。真不知是身在仙境，还是境生胸间。佛旁悬于空中的是一口硕大的古钟，那斑驳黝黑的外表似乎在诉说着禅院悠悠的历史。据《香山县志》记载："普济禅院钟款，古钟在澳门望厦村，款云：崇祯五年。"由此可知，这口大钟应立于一六三二年，至今已经有三百多年的历史了。

走过花木交错有序的小院，便到了长寿佛殿，一副石刻的对联恰如其分地将其貌一览无余："排云宫阙俨神山到此蓬瀛真极乐；满地旃檀知佛国嗅来花木有生香。"院中苍老的古树上，在内地几乎灭绝的麻雀在这里却是成群结队地嬉戏高歌，小白腰雨燕更是在空中唧唧地翻飞翱翔。

穿过长寿佛殿，就是闻名世界的观音堂。庙里供奉的是观音菩萨，所以普济禅院也叫观音堂。观音堂是普济禅院的主体建筑，规模很大，除观音菩萨外，观音殿里塑造着十八尊形态各异、栩栩如生的罗汉。据说，这些雕塑是一个名叫大汕和尚奠基，后由畅澜和尚请能工巧匠塑造完成的。其塑工之精，造型之妙，实为罕见。

悠悠的四百年里，普济禅院不仅以其独特的艺术价值吸引着国际游人，它还以百年沧桑的历史成为中国近代史活生生的历史见证。一八四四年，准备诱迫清政府签订不平等条约的美国特使顾盛窜到澳门，迫使清政府签订城下之盟。无能的清政府害怕顾盛进入广州，派两广总督耆英于六月十七日到澳门望厦村，七月三日中美在普济禅院签订了《中美五口贸易章程》，因普济禅院在望厦村，所以又叫《中美望厦条约》，这是中美两国间第一个不平等条约。八月，法国拉萼尼也到澳门，在普济禅院草拟了《中法五口通商条例》，使澳门的殖民程度进一步加重……面对古老的禅院，沉思悲壮的历史，我们的心头涌上一道深深地感叹，流浪的国土啊，祖国才是你温暖的胸膛。

导游对我们说，禅院的价值不仅在于它独特的建筑、深广的佛教文化，还在于它内藏文物众多，具有很高的研究价值。其中，被住持视为镇山之宝的是《丹霞日记》。这是一个名叫淡归和尚的手书，写于一六七三

年,小字草书,法自米蒂,风格自然。可惜住持限于寺规,不能将日记示人,我们便无缘一饱眼福了。不过我们却在藏经阁内目睹了一代高僧天然和尚的《咏百合花之二》的行书诗轴:"影落荒林静者知,微年不与众芳期。云深绝壑水流处,月净长空雨过时。懈诟芝兰随泉味,穷通山日向葳蕤。从来物理多同异,指点川原付画师。"这是一幅书画联阙的诗轴,笔力浑厚,跌宕苍秀,艺术品位很高。院里还藏有《米南宫拜石图》等珍贵名画,有高剑父、关山月等的对联匾额悬于客堂和斋馆,处处展现出远离尘俗的幽深环境,使游人雅士流连忘返。

西部神韵

青藏高原

坦荡如砥,这开满雪花与阳光的高原。

旷野如旌,这盛产流水与青草的王国。

走进青藏高原,粗线条勾勒的世界屋脊在足下展示强劲的生命,一部厚重的民族史矗立在历史和未来之间。

站在生长雄鹰生长绵羊生长英雄生长情感的土地上,和野草对话,同大野交谈,有血在流动,有笑在振荡,阳光的绿韵,芬芳是不朽的高原主题。

在高原,牧歌比任何鲜花都要美丽,那些酥油养大的高原之子,就是沿着牧歌铮响的方向,用高原肥沃的部分填满自己的心田,像播种一样将自己的情感根植进高原的内心,然后收获艰辛和幸福,养育爱情和女儿。

来老的雪峰,平仄出一个又一个生生不息的生命。激越的河流,诞生出一条又一条能够弹拔高原的琴弦。我们凡眼无法抵达的深度,藏民的族谱纯正成一朵藏红花,锈迹斑斑的象形文字,镌刻着牦牛的欢悦雪狼的善良以及无数牧雪英雄的豪迈。

这是心灵震撼的瞬间,历史厚重的大笔,写满了一代又一代高原人不朽的倔强。

背倚圣山,脚蹈厚土,聆听一个民族博大精深的灵魂,感觉粗犷的生命对雪域的依恋,守望昔日的荣辱兴衰与奔驰的未来……高原,承载着高原人的之轻之重。闭上眼睛,我依然能够喊出戍守海边的石狮就是一茬一茬的祖先展览他们古朴劳动和阳光梦幻的彩板。

用心聆听,一部母性的哲学巨著,便缓缓地由此滋生。

驰骋在你的怀里,对你诠释,语言已显得多余,你洞开的黎明之门上,举出一串鲜亮的生命哲言:没有什么会比哈达更为高洁,没有什么会比酥油更为醉人。

走在你辽阔的胸中,一双脚钓到的是力量的源泉,一双手紧握的是燃烧的希望,一颗心放飞的是湛蓝天千古长醉的涟漪。

大敦煌

洞窟上的岁月离我们很远,两千多个人物的容颜依旧灿烂,敦煌壁画,闪烁的佛光积淀多少古老而优秀的民族文化?

飞天的神女,长发曳地,长裙曳地,以神话的方式昭展着每一缕春光。

举鞭的牧师,站在世人无法抵达的高度,幸福的牧放着一群群走进天堂的羊群,安详的放牧人生,宁静的饲养灵魂,经年着一个和祥致气的

世界。

答辩的学者,慷慨的投掷着光阴,那是一道不可再现的寻找人生坐标的风景,一切的困惑,就从中兑现。

出行的商贾,纵情着早春的气息,那种把青春储在心头构成生存的姿势,魔法无边。

其实,四百九十二个洞窟都有是一章章光彩夺目的民族文化。那些在洞壁上复活的艺术,假如连接起来,就是六十华里飞越灵魂以外的野性的和现代交融的清清和历史文明。

用佛的语言洗涤生命,几千个智慧的头颅和合十的玉指灼痛我们全部虚浮的思想,神灵的微笑,让千万凡夫俗子在血色的履历表上留下一串串品味艺术的脚印。

众神还在齐诵着梵音,神奇的壁画呵,我如何才能伸入到你的艺术境界之中? 我望见,川流不息审视你的人群,两眸突兀着燃烧的激情,让心随缘而去,让惊叹恪守这方风景。

黄果树瀑布

梦魂牵引的六十米黄果树竖琴啊,你以悬崖为舞台,你以高度为飞翔,你把激情写在空中,用柔弱碰撞岩石,用韧性冲开出路,把流水的白裙高扬给无数仰望的游人,此种真情,谁能不为之感动?

都说高处不胜寒,而高处却是磨炼你品质与信念的位置。几千年了,你坚守着滴水穿石的箴言,用雄浑大略的胆识,舒展全身的节骨,排山倒海地从峭壁跌宕出一道山川壮烈的奇观,隆隆的洪音,仿佛古战场火焰般呼啸的马蹄,让我在风光旖旎的山水间目瞪口呆。

半空流动的山风,永远是摄魂夺魄的琴手,让如烟如雾如尘的水之魂魄光感出七色的彩虹,塑造出一个个活灵活现的传说与神话。

多少呐喊，在你的面前苍白无力，多少险阻，在你的面前微不足道。在生命的长河里，你大气磅礴的情怀，是一匹比闪电更真实的行空的天马，腾飞的姿势，纯化自己并笑傲山川之间。

黄果树瀑布，比峰峦更高的流水，用什么样的心胸，才能领悟你搏击长空的生命之舞？

第三辑 天涯屐痕

ˇˇˇ 第四辑

彩云之南

彩云之南

丽江雪山

　　板块与板块的相互撞击之后,一个雪与山的奇缘在丽江传奇千年。

　　山是好山。五千五百九十六米的高度,诱拐着多少攀登者的凤愿?雪是好雪。玉龙入水的展姿,晶莹着多少美丽的颂词?

　　与山对立,举一串美丽的向往,用苍鹰展翅的方式,在山顶飞来飞去。一双饥渴的眼睛,吞掠山梁也吞掠雪韵。感觉一把细柔的刷子,将满身的污垢一一刷净,并纯洁一些灰暗的思想。

　　那时一种绝妙的感觉,说不出来却又有滋有味。

　　是毕干先生的鱼干跳进水里复活了吗? 雪山的灵气,给我们披上一件合体的外衣,使我们感觉雪里不再寒冷的秘密。

　　一条上山的小路握在古城的手上,丽江从这里走向世界世界从这里走进丽江。一如山上火红的杜鹃——簇拥如水,柔而不弱,艳而不姣。

　　这是丽江人火热奔流的写照,铿锵着历史也洞穿着未来。

　　草原枕着山脚半醒半寐,牧歌丈量着生活也丈量着草原,这是一部固体的乐章,收割着岁月也储存着岁月。

　　在野性的草原上漫步很惬意,看——

　　牧人和牛群在炊烟之外醉成一片诗意的传说,丰满一支民歌或引出下一个悬念。

谁在捡拾一些雪山的经验或理性？

一边向上攀登。

一边丰厚人生。

谁在吐纳一组生命的等高线？

一边演绎着历史。

一边追赶着未来。

建水燕子洞

谁的巨手把山腹掏空？留下不是哲人也会作哲人的思考。

谁的引力把燕群聚集？苏醒千年沉睡的风景。

走进一溪劈出两岸，一个永恒的主题迎面扑来。凭借石头的气势，聪慧在时空中慢慢散开。

燕群在隔岸万声齐诵，倾诉一种生命的载体或惊喜。

这是一种最为优秀的燕阵，喜悦与悲哀一同表白，欢乐与痛苦一起承载。

瘦小的岩燕，全凭这种和平的群体，以飞翔贯穿一生，用呢喃注释一切。

每一段困难，都被岩燕衔在嘴里，揉成泥团，垒成一个又一个充满温情的小窝以及一个又一个信念的家园。

反刍燕阵，真理的光泽触手可及，一切虚伪、掩饰、虚假的谬论，都与次无关。

用旅游的名义来命名什么？

我思想的语言早已化成了一只凌空的燕子，用从不设防的心灵，丈量生活的厚度，承载一切苦难以及头顶一个小小的夙愿。

燕群是否与日月同辉？风景之外的风景你找到了吗？

谷底的流水总是形而上学，峥嵘岩石挡不住岁月也阻挡不了燕群的呼唤。

驻足阁楼是一种没有大地的站立，目眺燕群是一种没有翼翅的飞翔。

鸟鸣和收获的概念该如何定格？我颤弱的诗歌无法注释。

腾冲火山群

腾冲。一座和名字一样现代的城市。

随便一个方向，都有震波遗留的骨骸或生命的绝唱。

显然，这是一种从生到死又从死到生的风景。黝黑的石头，仍在诉说淬炼过程的艰辛。没彻没底的地热，仍让人们难解另一种温暖的方程。

打鹰山上的喷泉是受不了挤压的吗？还是预谋着另一种裂变或是另一种生存的方式？

青海湖泊和北海湖泊是难以向人们袒露玄机的呵，唯能湾成两泓清清的现代文明，让人们去遐思遐想或评头论足。

其实，答案就在脚下。

尽管这是地域关门的日子，我依然感到一种以沉重回答沉重的悲壮。

有人来这里是安排一种陶醉的方式，有人到这里是增长一种见识，而我只能凭借一条名叫"火山蛇"的韧性与力量，作一次心灵与心灵的交换。

或许，火山才是检验真理和谬论的标准？！必然的过程才会做出最为公正的结论。

新月一样的火山堆，是事物反抗的见证吗？这或许与人类相处的某些原则相似——所有需要表达而被抑制的力量都让人不可抗拒。

为什么脚步会比山高？

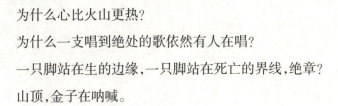

为什么心比火山更热?

为什么一支唱到绝处的歌依然有人在唱?

一只脚站在生的边缘,一只脚站在死亡的界线,绝章?

山顶,金子在呐喊。

西双版纳橄榄坝

绿孔雀早已远去,尾羽却在这里繁衍。健康的热带风光俘虏了我们。

阳光很绿,每一仰首或每一伏听都是一种陶醉。

心很年轻,每一站立或每一前进都收获一种美丽。

头顶茂盛的鸟声呼唤着什么?

林中探出的竹楼是谁的眼睛?

心绪无边。笼罩思想原野的是一片金色的希望。远方的竹楼婆娑成我心灵的姿势,用一生的骨气摇曳芬芳。

象脚鼓的声音传到哪里去了? 错过傣家人以水为主的节日,注定要留下一点遗憾。就像世上有些事物,迟到或早到都会走样。

佛寺里禅声如雨,主持的祷告暗示着什么? 以这种形式超脱,借这方山水的灵气裁一件合体的衣裳。很绝。

哦,橄榄坝,一块远古漂来的绿宝石,舞步盈盈,若诗若仙,用时光将自然一一幻化。

你造就了绿荫,你造就了鸟语,你造就出一方百姓的福音以及这世间万种风情。

这是你开花的季节,多少游人向你走来,多少游人向你靠近。

机遇的钥匙就握在你手里,一种图腾,在前面呼唤。

第四辑 彩云之南

石林

（一）

你是鬼斧神工的杰作吗？你是光阴垒成的海洋吗？

站在两点七亿年前的海底流缆，群石如兽状如鸟状如林状随意耸立，可是想吞噬我？

那片蔚蓝的海移动到哪里去了？

只剩下这些很意志的石头歇在四个季节，把一个民族围成栅栏，把生存的权利围在中央。

风轻云淡，石莲花为谁而开？

剑锋池以果子的形状收藏了全部的故事，而我却在剑锋的倒影中心满意足的抽芽，准确捕捉一些盘虬而上的美丽传说，完美一些零碎断节的声音。

一条路在阿诗玛的脚下遥远成河，许多的传说都与此有关。我如何才能进入你的精神？

倚身石林，看到什么就像什么，想到什么就像什么。凤凰灵仪也好、孔雀梳妆也好、双鸟渡食也好像居石台也好，说像便像，说非便非。

一切都不属于自己，一切都属于自己。

石林。你或站或立都是金子般的格言，永远以"天下第一奇观"的面容，翘立世界。

（二）

历史的涛声化石成林，诵读着经典的岁月，释解着一支古老悠远的边陲民谣。

这是祖先血缘离析的见证啊，多少年来，祖辈的骨骸就这样被一次又一次的拉长、变粗、压扁、组合，茁壮成这方风景。

岁月如水。

岩石与岩石作用的结果，造就了你血脉隆起的高原男人形象，那肌肉和青筋扭成的旋律，布满了历史的血丝，演示着人与自然不朽的抗争，演示着理直气壮的腾腾呐喊和对新世纪的渴望。

面对高原的天籁和一贫如洗的现实，你承纳着生命的孤寂，默默地种植纯粹的阳光。任冷冷的风鞭抽打，任霏霏的淫雨剥蚀，你矢志不渝地护守着心中的家园，你以伤痕累累的躯体肩起一座云南的花园。

你等待超脱，你等待灿烂，你等待花香的季节里走出一个如花的世界。

于是，在南疆边陲的绝句里，你挺着脊梁伴着高原人走过了一个又一个艰难的季节，用血滴红泥的飓风，定义出了又一群高原人。

西山睡美人

在别人的赞声里沉睡了千年。

在世人的目光里沉睡了千年。

春风载不动浓浓的春梦，雷雨丰盈了如虚似幻的梦乡。没有人考究过我应属于哪个星座，没有人知道我沉重的背影里所包含的痛楚和一声声血啼。

命运埋掉了我自由的灯盏。

时间的刻刀肢解着我的旧创。

我只是一张虚作美女画皮的臆想呵，我有自己的思想，我有自己的忧伤，我有自己超然与日子超然与四季的渴望。

不想被华丽的叹词淹没，不想被一件美丽的世俗外衣埋葬，在滚滚的红尘中，我是一只守望高原的鸟，以凤凰涅槃的方式，亮丽了红土地两袖

清风和汗流浃背的主旋律。

羡慕采霞的热情奔放。

羡慕云朵的轻松飘逸。

羡慕雨过山顶的实在。

那些行云流水的洒脱，那些清水芙蓉的真情，在叮叮当当的旅途中摇曳出一串不能左右的信念。

时间的风铃扯响了千年。

似醒还睡的我依旧置身于山的一边水的一边天的一边，愁眉苦脸地反思着空守闺阁的日子，解释着一些简单而复杂的东西。

澜沧江

你是滇西画卷里最神勇的奔马，而你从哪个世纪奔来？隆隆的足音踏碎了万水千山，一支为你而歌的曲子正潮落潮涨。

我就定居在你的肩上，举着一面高扬的旗帜在古铜色的日子里与你合唱着一切生死荣辱的诗篇。

荒凉被你甩在身后，粗野被你踩在脚下，穿过呼啸猿啼的群山穿过岁月的沉封你奔流街长楼高的人世间。

什么力量使你不停地奔走？

关山叠叠，挡不住你滔滔不绝的东去；日月悠悠，挽不住你浩浩荡荡的前行。秀美的黑惠江茁壮了你的青春，很现代的漫湾电厂高昂着你千载不倦的绝唱。铁索大桥验证着什么？小湾电站丰腴着多少山里人美丽的向往？

澜沧江，托载着我们的命运闪闪烁烁，如母亲般安抚两岸以江为生的儿女。多少年了，凡是你润泽过的土地，都有鲜花的正果，凡是你抚摸过的田野，都有稻麦的芳香。

奔流的流水沟通着我们,我们的汗水晶莹着你参差的温床。

最虔诚的姿势是我们对你的跪拜最灵性的感情是你将贫穷和糟粕掩埋。真情的梵音你用港湾弹捺,文明的厚度你用奔流提升。

我们丰收千年的希望,都播种与你的背景,所有的纯真和善美,都被你纯粹成我们骨子里流动的精鳕,牵扯着我们的思想我们的前程沿着岁月的足迹奔腾不止。

沧源岩画

岩壁的岁月离我们很远,七百八十五个人物的容颜依旧灿烂。沧源岩画,披着一件神秘的外套于斑驳的岩石壁上抖颤出一曲阿佤人民大悲大歌的历史。

我望见,岩石上背弓搭箭的精灵穿透时间的轨迹,袅袅而至我的眼前,倾诉我一个亘古不变的民族的信念。十三条记载苦难的道路,布满着先民苦苦求索的血泪,演示着人与自然不朽的抗争,演绎着对明朗家园的呐喊和对幸福的殷殷渴望。

面对赤铁粉动物血定格的历史背景,我思绪狂奔,我热血飞转,我如何才能深入到岩画之中?

二百八十五间远离烟火的房屋传说着什么? 三十五个难以破译的密码是遥感一个民族站立的天线么?

山崖前,最简单的符号牵扯着多少人最复杂的疼痛?

岩画是够古老的,与我们相距三千年的时光足以证明。而对于昨天的历史,我们依然可以在岩石中身临其境,那些在岩壁上复活的艺术,活灵活现的在时间的断层深处给我们演绎着诸如狩猎、采集以及劳动之光的场面。

这是一章字字珠玑的诗篇,每次阅读都使我们热泪盈眶。神气的岩

第四辑
彩云之南

画啊,我如何著笔才能写出你博大精深的乐章?

太阳还在发光,阳光还在倾泻,司岗里上空的云朵,晴朗成谁明亮的眼睛?

一次凝视足以贯穿一生。岩石上一千〇六十三个符号,大概是岩石上生长的最经典的庄稼。我想。

滇红茶

燃烧在云南的绿色火焰,比艺术更高,比时间更长,比山更为博大,比流水更为飘逸。

滇红茶,你用骨头支撑着什么? 又用鲜血照亮着什么?

生长在你的祖土里,我勃勃的生命,是你用一芽二叶的茶歌喂大的,我所有上报的文字,都是大段大段抄袭你赴汤蹈火的笑靥。

路一走出就是一种希望。悠悠的岁月里,茶和人相互搀扶着肩膀往返于人与自然之间,延续着一代有一代茶民的命运。

声声茶歌,是谁躬耕茶事的希望?

弯弯茶埂,是谁汲取圣餐的手掌?

沿着深深的滇红茶脉络,最感人的章节是一位名叫冯绍裘的大师端坐于茶树之上,启迪我们摆脱贫穷富裕千年的秘密。

凭借大师开给的以茶为粮的秘方,我们的生活就渐渐涌起阵阵沁入心房的温暖。我的父老兄弟常把这由衷的欣喜握在手上,连同土里土气的茶经和餐桌以外的话题种进灯红酒绿的都市,准确地换回一些品读佳茗的知音。

世纪的阳光正灿烂的开放,云南人握着"入世"的机遇使滇红茶更入佳境,沿着改革开放的红线,它庞大的根系发达成另一种庄稼,在更多的人群中把根越扎越深,辉煌着一方亘古千年的茶文化的格调。

彩云之南蝶纷飞

"你是花儿的灵魂 / 破茧而出的痛苦 / 成就了你流光溢彩的生命 / 可几乎所有的美丽都如此脆弱 / 所有的灿烂都如此短暂 / 你倏尔远逝 / 留下那么多古老、美丽的传说 / 你依然静静地飞舞着 / 花开花落,春来春去 / 在天地和圣哲的眼中 / 凝成一首无言的歌……"记不清这是从哪里看来的关于蝴蝶的诗了,虽然言语有些稚嫩,但是,美丽的蝴蝶的确是大自然一段充满色彩的旋律。而在素有动植物王国之称的云南,这种蹁跹蝴蝶梦的旋律更是时时演绎。

云南自然条件优越,适应多种蝴蝶的生存和繁衍,我国境内已知的蝴蝶约有一千五百种,占世界已知蝴蝶数的十分之一,云南就有六百多种蝴蝶,其中双尾褐凤蝶和三尾褐凤蝶属国家重点保护。云南还有云南褐凤蝶、玉成褐凤蝶、喙凤蝶、无尾黑凤蝶、大斑马凤蝶、猫斑绢粉蝶、锯粉蝶、红翅尖粉蝶、白花紫斑蝶、喙蝶、云南丽蛱蝶、小条三线蛱蝶、大银豹蛱蝶、圆翅狼蛱蝶、泰愚蛱蝶、角翅橙蛱蝶、疏毛大环蝶、四川绢蝶、双珠大绢蝶、白眼蝶、银弄蝶等多种蝴蝶,是中国蝴蝶资源最丰富的地方,是科研、教学和生产及观赏蝴蝶的宝地。

从小,我就对蝴蝶有些偏爱,喜欢看它挥动着的五彩翅膀,点缀大千世界的生机,在花草丛中,在清澈的溪边,在寂静的山林里,有了它的穿梭,而让大自然充满无穷的魅力。似乎是因为它破茧而出羽化成蝶以后,

在它的蹁跹舞姿中，才使山青了，水绿了，大地也有了活力。

长大后，一曲千古传诵的《梁祝》，使我不知流过多少眼泪，于是，在蝴蝶扑朔迷离地飞舞中，看到的不再是它那五彩缤纷的外表，而是那天长地久，永结同心的爱情，在蝴蝶忧郁的翅膀上，我也读懂了那千年风霜雕刻的爱情箴言。

而云南的蝴蝶则是报春的使者，当柳条还沉醉在旧年冬天的睡梦中时，云南蝴蝶早已在大地上轻飞曼舞开来。明媚晨光中，有她的身影，暮霭酝酿中，有她的身影。是她，点红了桃花；是她，染绿了柳芽；是她，最先把那份洒脱与不俗带给初春的大地。云南蝴蝶又是风雨中的卫士。当暴风雨来临时，她用自己的身躯抵挡骇人的风雨，这连青松见了都会惧三分的风雨又岂是蝴蝶可以左右。于是，在风雨中，蝴蝶愈飞愈低。"柳折花残血凝壁，马践胭脂骨髓香"，可怜这蝶，如此娇美的蝶，在风雨中战死沙场。蝴蝶，那柔弱身躯中藏着一颗刚强之心的生灵。是她，让柔美与刚强并存。是她，用轻盈点缀大地。

或许正是蝴蝶有了这些可歌可泣的骨气，云南许多少数民族世世代代就把蝴蝶当作崇拜的偶像，在追寻着自己心中美好幸福的生活。彝族、苗族、白族、傣族、景颇族和阿昌族等少数民族的服饰中，一些直接描摹的形式化了的蝴蝶图案频繁出现。在全身上下、帽饰、衣饰、腰饰、裙裤、鞋子上，几乎无处没有出现过蝴蝶的形象。苗族的蜡染、白族的扎染、彝族的挑花、傣族的织锦，蝴蝶图案屡见不鲜。白族人把蝴蝶图案绣在鞋面上、鞋帮上，绣在鞋垫上，让只只蝴蝶绕脚纷飞。

其实，对蝴蝶的认识，可以追溯到公元前五世纪的中国第一部辞书《尔雅》，成书于一二一年的许慎《说文解字》、一五七八年的李时珍《本草纲目》等众多古籍中。《本草纲目》载：蛱蝶轻薄，夹翅而飞，然也。蝶美于须，蛾美于眉，故又名蝴蝶，俗谓须为胡也。正是该书使我们有了蝴蝶这个最基本的概念。

"粉香金翠梦能甜,细写春火宗入笔尖。"蝴蝶,这个大自然的小精灵,它以其特有的美丽征服了一代代人,历代文人墨客留下了许多以蝴蝶为主题的脍炙人口的名篇佳句和瑰丽画卷,《庄子·齐物论》中就有庄周梦蝶的故事:"昔者庄周梦为蝴蝶,栩栩然蝴蝶也。自喻适志与,不知周也……"李商隐诗云:"孤蝶小徘徊,翩拟粉翅开,并应伤皎洁,频近雪中来";大诗人杜甫更有"留连戏蝶时时舞,自在娇莺恰恰啼"、"穿花蛱蝶深深见,点水蜻蜓款款飞"之名句;宋欧阳修词云:"江南蝶,斜日一双双,身似何郎曾傅粉,心如韩寿爱偷香,天赋与轻狂。微雨过,薄翅腻烟光,才伴游蜂来小苑,又随飞絮过东墙,长是为花忙";明代沈天孙有"飞随芳树霞衣好,倦宿琪花粉梦香,似与名蕤分艳色,不堪清露湿秋裳"等;清代诗人也有"花事将成蝶又飞,香为魂梦粉为衣,萋萋深处王孙草,莫学王孙去不归"佳作。现代大画家齐白石喜画蝶,亦喜咏蝶,如"小院无尘人亦静,一丛花傍碧泉井,鸡儿追逐却因何? 只有斜日蛱蝶影";诗人郭沫若亦有"美中极致浑忘我,欲问庄生醒也无"之句。

如今,人们无论是对蝴蝶的认识或是对蝶类资源的利用都远远超过古人,台湾省在二十世纪七十年代,每年出口蝴蝶标本达四百万盒,创纯利近1亿美元。我国从一九一九年开始,出版了《中国蝶类小志》、《中国蝶类志》等一大批专著,为这一领域奠定了坚实的基础。近年来,云南蝴蝶与旅游联姻,成了一种很好的旅游资源。昆明云南民族村斯美蝴蝶博物馆、大理博物馆等应运而生,这"会飞的花朵"成了云南人一笔可贵的财富。

尽管蝴蝶的幼虫不少种类却是农作物的害虫,但只要我们对它进行认真鉴别和研究,化害为利,这对保护和利用蝴蝶资源、维护生态平衡、美化环境、艺术欣赏以及工艺设计等方面都具有十分重要的意义。在不少蝴蝶种类濒临灭绝的今天,我想大声呼喊:给蝴蝶一片生存的空间吧!

到彩云之南观鸟

　　生活在彩云之南，几乎每一个人都能讲述出一个与鸟有关的故事，站在这块神秘的红土高原上，无论是湛蓝的天空，还是枝繁叶茂的森林，你都可以看到鸟群蹁跹，自由翱翔。

　　孔雀是云南的省鸟，它那华丽的羽毛，五彩撒金似的大尾巴，无不给人美的享受。西双版纳是孔雀的故乡，走进那茫茫苍苍的原始森林，总有绿孔雀自由自在的或漫步，或点水，或亮翅，或踱步，它们那传神的眼睛、高雅的体态成了众多艺人描摹的对象，曾记否，舞蹈家杨丽萍正是一曲《雀之灵》走进了荧屏，走向了世界，并获得了"孔雀女神"的美誉，那孔雀蹁跹的神韵，是世人无法忘记的记忆。即使你没有到过西双版纳，只要你打开云南电视频道，相信你看到那孔雀蹁跹的台标后，定会产生出对孔雀浮想联翩的遐想。

　　在别的地方把乌鸦当作灾星的时候，云南香格里拉的高原上，乌鸦则成了一种圣鸟。在这里，乌鸦自由自在，用不着担心谁会去伤害它们。其实，乌鸦之美，更多的应该是它的反哺之义了，《说文》中就有"乌者，孝鸟也"的记载，《小尔雅》中亦有"纯黑而反哺者，谓之乌"的描述。据有关资料记载，乌鸦是唯一有史料证明有反哺行为的鸟类，从这个方面看来，人们对乌鸦的钟情，还应该在于它的仁爱之心、忠孝之心罢。不管人们怎么看，甚至把一些"乌合之众"、"乌烟瘴气"等与乌鸦毫无关系的词语强加给乌鸦的时候,乌鸦依旧舞动着黑油油的羽毛,哼着并不动听的歌,在云南的天空舞蹈。

红嘴鸥是云南一方独特的风景。每年冬天,当寒冷的西伯利亚气候不能适应它们生存后,这些可爱的精灵便举家迁徙到四季如春的昆明,于是,每年上省城看一次红嘴鸥成了我的奢侈。走进翠湖公园,园内厅台、楼阁、水榭,甚至游人的头顶都成了红嘴鸥的立足之地,宽阔的湖面上,漫天飞舞的红嘴鸥成了漂动的雪花,伴随着鸟鸣声此起彼伏。红嘴鸥的到来使静静的翠湖充满了生机和灵气,红嘴鸥的风采更让那些热爱自然热爱生活的异乡人充满了憧憬和梦想,他们一个个一群群地操着南腔北调而来,为的就是一睹红嘴鸥的舞蹈,为的就是在这春城里寻觅抵御寒冷的武器。

红嘴鸥,这极具灵性的吉祥之鸟,它们在极其自由的天空里或引颈长鸣,或独立长啸,或轻盈漫舞,或展翅飞转,或含情脉脉,或窃窃私语,看见游人,它们不但不惧怕,反而双翅呈十字状的悬浮在游人面前,游人们争先恐后地把食物抛向空中,红嘴鸥争先觅食,它们鸣叫着,飞腾着,成为一幅幅人与自然和气致祥的精品水墨画。

云南自然条件得天独厚,三江并流造就了云南山川壮美,风景秀丽的旅游资源,温和的气候适应了多种鸟类的生存,据资料显示,云南鸟类有七百七十六种,占全国鸟类总数的百八之六十六,这除与云南气候环境有关外,还与云南人把鸟当作人类的朋友分不开。"莫打三春鸟,子在巢中望母归"是云南人爱护鸟类的名言,汉家人把燕子到自己家做窝当作是一种荣幸,认为幸福会随之而来,保族人把喜鹊的鸣叫当作喜事临门的征兆,傣族人把绿孔雀看作爱情和幸福的象征……正是这样,云南才成了鸟儿的天堂,云南才有了动植物王国的称誉。

伴随着世界旅游热的兴起,云南亦着手打造到云南观鸟的旅游精品,目前已经推出了谷律乡卧云山、易门大龙口、魏山县"鸟道雄关"、安宁温

泉附近的鱼尾里、丽江拉市海、洱源县"鸟吊山"六大观鸟点，一些云南特有的鸟类如白鹇、树鸭、雉鹑、血雀、黑忱金雀、火尾绿鹛、黑翅雀鹎等在这里一览无余，在新时代的春天旋律里，但愿云南的鸟群再舞蹈出云南亮丽的明天。

傈僳山寨歌悠悠

黄昏姗姗而来，夕阳滑下山坡，五彩缤纷的晚霞，撒下万种的风情，与漫山遍野的映山红事融为一体，渲染出一片迷蒙神秘的景象。

应傈僳族好友丁哥相约，此时，我如一只千年翱翔的苍鹰奔赴在通往傈家人山寨的旅途上。巅颇了一程又一程，翻越了一山又一山，由徒步改为乘车，由乘车改为徒步。我终于置身在云南傈僳山寨之中了，远眺碧林万顷，松涛阵阵，近看傈家人吊脚楼依山傍水，显得和谐致祥。流赏着这回归自然式的风景，情感与思维在空灵中飘逸，漫过心田的清新与纯洁，让惊奇，让惬意。山寨的素洁与高雅，使我这个不甘寂寞又常被寂寞折磨的人变得年轻而洒脱，变得热情而奔放，我仿佛置身在一个陶渊明式的田园中。

山寨是脱俗的，亲近它就会轻松自如，走近它就会神净心明，悦目舒心。跨进丁哥家，他们全家人已经等候好久了，见到我到来，便一拥而上将我让进屋，丁老伯更是举起斟满老白干的土瓷大碗向我唱起了"敬酒谣"："喜鹊登枝报喜到，白酒敬客客莫笑，二两三两表心迹，喝下此碗祝福多。"尽管我不会饮酒，但我知道，这是傈傈人欢迎客人的礼节呵，于是，我毫不犹豫地举起大碗一饮而干，在丁家姐妹的啧啧声中，我的脸涨红成一个关公的形象。

吃过可口的晚餐，夜已如约而至，一轮皎洁的圆月高悬在空中，忽明忽暗的将傈傈山寨创意成一个童话般的世界。远山如野兽般蛰伏在天边，近水缓缓绕过寨脚，如白练般伸向远方。不知何时，丁家楼后面的大草坪上，已燃起了熊熊的篝火，跳动的火焰将整个寨子映得一片彤红，弦子声、响篾声、芦笙声、歌舞声和着节拍响成一片，许多老老少少男男女女手拉着手围着篝火边歌边舞悠扬古朴的调子飘荡于群山之中。丁歌告诉我，这就是傈傈人的"跳月调"，每在月圆之夜，傈傈人都要换上崭新的本族服饰，在月光下围着火吟唱慢舞，以表达出他们追求幸福生活的美好心愿。

拉着丁哥的手，我亦融入了这个狂欢的人群，融入了这个月光下永远不会分离的同心圆。听着古朴幽深的民谣调性，丁哥舞得如痴如醉，尽情抒发着一份憧憬，一份希望。而我却是别人抬手我踢脚，别人转身我扭腰。难怪有人说："舞步扭不成，便会笑死人。"而此时，傈家人一个麻布衣裙，舞得那么专注，跳得那么投入，听不见他们一声刻意的欢笑，只见他们或转身，或踏步，或甩手，或投足，旋转成一个翻滚的整体，舞的舞得淋漓尽致，唱的唱得婉转幽深，在这令人刻骨铭心的时刻里，我忘乎了一切的一切，真的是飘飘欲仙了。

山寨是多情的。"跳月调"结束，多情的山寨将青年男女们紧紧地拥入怀抱，这些俊男俏女吆喝野外对起了情歌，寻找自己的意中人。丁哥告诉我，傈傈人都是以歌为媒的。此时，我们已来不到一个土坡上，古朴粗犷的情歌早已四处飞起，丁哥亦将手拢于嘴边，尽情地唱了起来："高山头上栽葡萄，一山更比一山高，妹若有情摘两串，情随葡萄细细嚼。"歌声刚落，姑娘们的歌声已经飘了上来："顺河走来顺河弯，听见哥声妹心慌。

第四辑 彩云之南

踏着歌声把郎盼，携手同把情品尝。"歌声阵阵，响篾声声，一问一答的对歌此起彼伏，使他们越唱情越浓，越唱心越近："阿哥哟，你为谁洒热血？为谁献青春？""阿妹哟，精钢不怕火来炼，人生贵重一颗心。"此时，只见山洼里走出一个打扮得花枝招展的姑娘，羞答答地边走边歌。丁哥亦边歌边走，很大方地挽起意中的情人悄然离去。小伙们纷纷引吭高歌，寻着各自的意中人。岩石边、野花旁，草丛中，树影下，有情人成双成对地娓娓情语，互诉衷肠。

我在歌声中沉醉，又在歌声中惊醒，在很女人的月光中，傈僳山寨清澈得一切事物都可以投影出一个令人心动的美丽。瞧吧，这些古朴悠扬的歌声，已将山寨揉进红遍山野的杜鹃，绽放了一片灿烂的花枝。

神奇的树叶情书

读过无数书信，写过无数书信，时常闪现在我记忆中的却是不久前我在云南陇川县景颇山区读到过的一封神奇的无字书信。

我趁着假期走进了风光旖旎的陇川景颇山区，不料在四姨家刚落脚的晚上，就有人给我捎来了一个用芭蕉叶包成的大包。送包的人说，那是一个叫涵的景颇姑娘叫捎来的。涵是外婆家的邻居，儿时我们常见面，只是长大后天各一方，相互之间也就中断了来往，此次捎包给我，不知是何用意。

我迫不及待地打开包，里面竟然是一叠厚厚的树叶，依次叠装着白花树叶、黄豆叶、小黑豆树叶、竹叶、蕨叶、酸母叶。我看了半天，也不知其所含的意思，无奈之下，只好向朋友请教。朋友看完我的大包，一边微笑，一边向我恭喜。我莫明其妙，问朋友喜从何来。朋友说：这是一封无言的"情书"啊。

原来，在景颇山区，各种树叶竟代表着各种各样的语言：酸母叶代表着"一定要来"，竹叶代表着"悄悄的"，小黑豆叶代表着"一心"，黄豆叶代表"好好的"，白花树叶代表"想念"。涵给我的大包译成语言自然就成了："我一心思念的人只有你一个，我们能见面谈谈吗？最好悄悄地来，一定不要失约。"

朋友告诉我，景颇男女以叶代信原本是古老的幽会形式，随着社会的发展和民族教育的不断普及，景颇青年男女都采用互递纸条和直接信函的方式约会，古老的幽会方式也渐渐被人们淡忘。不过近年来，以叶代信的方式如时尚般又在山区流行起来。

朋友很认真地讲到，如果我钟情某位景颇姑娘，想表达自己的爱慕时，就用一根线包上树叶、树根、大蒜、大柴、辣椒送还给所钟情的姑娘，如果姑娘同意，她就会退回原物；如果不同意，她会在原物上放上火炭表示反感，当姑娘需要考虑时，她会在原物上附上奶浆菜。此时，为表示自己爱恋的程度，要赶快摘两片嫩绿的栗树叶，对面的合在一起，加上苞谷、谷子、豆子等给姑娘送去，以表示"要和姑娘生活在一起，安家立业、五谷丰登"。姑娘家同意就收下原物，不同意只需将叶子翻过来，背对背寄回，以表示分道扬镳……听着朋友滔滔不绝的指点，让我这个整天在钢筋水泥浇铸的都市里穿梭的城里人惊叹不已。

望着那无字的情书，我的内心涌起了一阵又一阵的沉醉，是啊，在这个电脑、网络、电话普及的时代，这些无言无字的"情书"似乎更能让我们鲜活、真实、贴切地感受到生活的乐趣和魅力。

第四辑
彩云之南

云南杜鹃绣锦诗

　　"细看不似人间有，花中此物是西施。"我记得，这是白居易赞叹杜鹃花的诗句。云南是一个杜鹃花的世界，全世界有杜鹃花八百五十多种，我国就有六百五十余种，而仅云南省就四百多种，占世界总数的一半以上。黄杯杜鹃、白雪杜鹃、团花杜鹃、宽种杜鹃等常常连绵数公里，绚烂的花形花色成了天然的花海，白居易有诗云"花中此物似西施，芙蓉芍药皆嫫母"，故杜鹃有"花中西施"之美誉。杜鹃花的美，是温馨的美，是张扬的美，是动人心魄的美。当如霞似锦的杜鹃花潮奔腾翻涌时，谁又能不为她的热情、她的奔放、她的绚丽而惊艳？

　　"半壁青山红胜火，云蒸霞蔚是西施。迎风玉立轻盈舞，饮露轻摇夭艳姿。蝶影蹁跹传蜜粉，鸟鸣凄婉憩花枝。空灵蕴秀春风暖，绚丽芬芳锦绣诗。"是的，也只有这云南的山云南的水才能滋养出杜鹃如此灵秀的身段，不论岁月流年如何的洗礼和变化，云南杜鹃始终不为之所动，静静地穿过时空的隧道，芳步婷婷，不染征尘，诠释着一种怡然的品性，飘逸于历史和尘世之外，也只有深入地走进杜鹃花海才能聆听到杜鹃悠远而丰厚的旋律，撩开我心中编织的层层梦的面纱。

　　"人间四月芳菲尽，云南杜鹃五月红。"顾名思义，在云南这片古老的土地上，每一条溪流，每一块山峦，都会向你诉说关于杜鹃花的神秘。在滇西腾冲，生长着一株杜鹃王，树高二十五米，直径三点零七米，每当春末夏初，这棵二百八十年树龄的杜鹃，依然喷发出万朵红花，远看一树火，近看满天霞，蔚为壮观。云南巧家是大白杜鹃花生长的天堂，宋人舒岳祥借一首描写巧家大白杜鹃的《杜鹃花》抒发了自己的情怀："杜陵野老拜杜鹃，念渠蜀王身所变。我今流涕杜鹃花，为是此禽流备溅。嗟哉杜宇何其愚，万事成败皆斯须。一枰黑白翻覆手，揖让放弑皆丘墟。汝初一身今百亿，凝滞结恋胡为乎。尔生不能存社稷，死怨谢豹何区区。至今有子不自保，寄巢生育非良图。百亿禽分百亿花，数若恒河沙复沙。此花开时此鸟至，青枫苦竹为其家。锦官玉垒不可念，翠华黄屋天之涯。不闻十月杜鹃鸟，只见十月杜鹃花。何必看花与听鸟，老夫日日自思家。"

晨风轻拂，碧空如洗，我沐浴着遍野的新绿，吮吸着泥土沁人肺腑的芳香走近了腾冲的高黎贡山——这是花的海洋，这是花的盛典，抬头眺望，刚刚沐浴过一场细雨的山坡上，仿佛笼罩了一层火红的云锦，在林隙阳光中如天女散花般撒满了整个山冈。暖阳斜洒在头顶，轻风裹着淡淡花香，屏息凝神地泡在杜鹃花海里，什么也不想，什么也不做，彻彻底底地洗了一次花浴。

越往上走，串串花枝越让人目不暇接。有的枝条上是很多朵攒成一团，有的则一枝独秀，也有的花朵簇拥着花蕾，像仙女的花裙一样，吸引着人们发出一阵又一阵的惊呼。真可谓："千姿百态色斑斓，千山万岭总相见。子规啼血化丽姝，花中西施数杜鹃。"

杜鹃依山而长，见缝插针，不嫌弃山贫土瘠，不畏酷暑严寒，更无畏迷雾淫雨，它或附岩抱石而生，或临涧穿石而长，这是燃烧的火焰，比艺术更高，比时间更长，比山更为博大，比流水更为飘逸。这不正是云南人的性格吗？

"九江三月杜鹃来，一声催得一枝开。"相传，周朝末蜀国一位叫杜宇的君主，国破身亡后，魂化杜鹃鸟，日夜在故国哀怨凄伤地啼鸣，以致口中泣血，而血落于土，即化朵朵杜鹃花。云南的杜鹃花，与其说是杜鹃啼

血所化,我更相信那是英烈先辈们滚滚热血所染。曾几何时,在这片土地上,有多少热血澎湃的志士仁人,为驱逐残暴的日寇,解放这苦难深重的民族,把一腔腔追寻光明和真理的热血,洒遍云南的每一寸土地。云南的杜鹃花,是革命之花,是英雄之花。望着烈火一样燃烧在山坡上、岩石边、丛林间、瀑布旁簇簇丛生、朵朵绽放的杜鹃花,我想,那不正是先烈们用青春谱写的乐章吗?

云南鸡枞舞蹁跹

"至味常无种,轮菌雪作肤。茎从新雨茁,香自晚春腴。鲜嫩头番秀,肥抽九节蒲。秋风菁菜客,食品列兹无。"这是我读过关于描写鸡枞最形象的诗。云南的六七月,是真正的雨水天了,潮湿的空气中随时弥漫着一股泥土的芳香,在这样的日子里,云南的鸡枞便闪亮地登场了。

云南气候湿润多雨,鸡枞极易生长,众所周知,云南因其山川地地貌特殊及所在经、纬度地理关系,被誉为植物王国,菌类就是这植物王国中的特殊一簇,鸡枞是菌簇中的上品,因其内部纤维结构、色泽状似鸡肉、加之食用时又有鸡肉的特殊香味,故得名鸡枞。鸡枞唯云南独有,尽管广西有少量,但其味无法与云南鸡枞相比。

云南鸡枞味美天下第一,《庄子》载"鸡菌不知晦朔",有人认为说的就是鸡枞。《本草纲目》中记"鸡枞,又名鸡菌,南人谓鸡枞,皆言其味似之也"。《黔书》则说"鸡菌,秋七月生成草中,初奋地则如笠,渐如盖,移暑纷披如披羽,故曰鸡枞。"这东西味道像鸡,形状特点也像鸡,因此就非鸡莫名。明代杨慎曾把鸡枞菌比作仙境中的琼汁玉液,其质地细腻,兼具脆、香、鲜、甜等风味特色,品尝一次,终生难忘。《徐霞客游记》也曾记载,主人特"觅鲜鸡要瀹汤以佐饭",可见早在三百多年前,鸡枞就成为云南居家待客的佳肴了。

云南众多的野生菌中,无疑鸡枞是其魁首,无数百姓、名人到云南都为之倾倒。它肉厚肥硕,质细丝白,味道鲜甜香脆。它不仅含人体所必需的氨基酸、蛋白质、脂肪,还含有各种维生素和钙、磷、核黄酸等物质。雨季多生于山野的白蚂蚁窝上,刚出土时菌盖呈圆锥形,色黑褐或微黄,菌褶呈白色,老熟时微黄,有独朵生,大者可达几两,也有成片生。鲜鸡枞味道鲜美,清香中透甘甜,但不易保存。聪明的云南人于是把鲜鸡枞采摘后,洗去泥土,稍为晾干,用菜油煎炸,在这其中加入辣椒、花椒、生姜等调味品,熟后,连油一起装入坛罐内封存,或将熟鸡枞撕成细丝,拌入腌菜中。油鸡枞呈深色,油润光亮,散发着一股自然的清香,吃起来更香,更甜。据分析内含大量的蛋白质,多种氨基酸、维生素、糖类、肽物质等十八种之多,是一种颇具营养价值的美味佳品。鸡枞的烹制方法多种多样,若鲜采鲜吃,可加鲜肉或火腿片爆炒,也可素炒、清炖、为汤,均鲜嫩甘美,极为口。若欲久贮常食,一是洗净煮熟后加调腌制,这叫"腌鸡枞";二是洗净煮熟加调料晒干或直接加调料烘干,这叫"干鸡枞"。干鸡枞可直接加水浸软辅以青辣椒、姜丝等作料凉拌了吃,素淡爽口,别有风味。

鸡枞是无法人工培植的,而且只有在盛夏雨后才会生长。鲜鸡枞运输非常困难,但是油鸡枞密封好了以后可以储存非常久。

每到夏天,是山里人找鸡枞的最佳时节。儿时,我常常随母亲找鸡枞,鸡枞生长有特性,它今年在这地方长,不扰动它,第二年它还会在原地方长,这叫"鸡枞窝",或叫"鸡枞塘",鸡枞大多在偏坡背阴的地方才能长,这"鸡枞塘"一般人是难发现或认出来的,除非你正好碰上有鸡枞长在

第四辑 彩云之南

125

上面。外婆常说，找鸡枞的人命苦，因为你知道的"鸡枞塘"别人也会知道啊，深深的草丛中甚至是很平常的草地上，无论你拿过鸡枞后再怎么伪装，行家里手一看就知道是怎么回事，瞒不过他们。再者，鸡枞长出土的时间也不一定精确到是哪一月哪一天，今天还没破土，也许到明天就完全变成了伞状，开谢了。所以，每天都得去看，直到那个"鸡枞塘"长出鸡枞。

找鸡枞不光要有敏锐的眼力和灵敏的嗅觉，而且还要知天时、明地利，因为什么时候、哪些地块出鸡枞，都要胸中有数。妈妈说，发现了鸡枞，只可悄悄采集而不可高声欢呼，否则便会把"鸡枞娘娘"吓跑，以后它就不出了。老家在云南凤庆，这里山高、坡陡，找鸡枞很不容易，鸡枞状如小伞，有白鸡枞、麻鸡枞。白鸡枞老远就能看见，麻鸡枞则不然，有时踩在脚下，也未被发现。上山找鸡枞，有时半天找不到一朵，有时并不需要刻意去找，一不小心鸡枞自己就会碰上你。古诗云"过时儿不采，将随秋草萎"，对鸡枞同样适用。难得的鸡枞自生自灭于山野田间，殊为可惜。鸡枞有独朵生，大者可达几两，也有菌根相缀，连成一片，聚成一堆，获致者当欣喜不已。母亲说，白鸡枞叫"三塘菌"，一塘数十朵，你找到一塘后，鸡枞顶偏向的一方还会有一塘，鸡枞脚偏向的一方也会有一塘，一般在数丈之内。凡发现一堆，则附近必定还有两堆，它的生长规律呈三角形，就是不知道这三角形的每一边究竟是多长；所以要不厌其烦，慢慢寻找，只要有耐心，便可多得。还有一点："今年生长过鸡枞的地方，明年一定再会生长。所以采集时一定要牢牢记住并标记这地点，到来年此时，天天去看一遍，切莫错过，丧失时机，它就凋谢了。"这话我相信，因为在后来的日子中，母亲的话已经足够我受用一生。

如今，云南鸡枞昂首走进了许多灯红酒绿的都市，以它独特的美味支撑着一桌又一桌丰盛的餐宴以及我贫血的诗歌。